COMPILATION

PASSEPEUR

TRIO TERREUR No 4

D1282583

Texte et illustrations de Richard Petit

Dépôt légal : Bibliothèque et Archives nationales du
Québec, 3ᵉ trimestre 2008
ISBN : 978-2-89595-358-6
Imprimé au Canada

Gouvernement du Québec - Programme de crédit d'impôt
pour l'édition de livres - Gestion SODEC

Boomerang éditeur jeunesse remercie la SODEC pour
l'aide accordée à son programme éditorial.

Nous reconnaissons l'aide financière du gouvernement du
Canada par l'entremise du Programme d'aide au
développement de l'industrie de l'édition (PADIÉ) pour nos
activités d'édition.

edition@boomerangjeunesse.com
www.boomerangjeunesse.com

VOTRE PASSEPEUR

POUR UN HORRIBLE CAUCHEMAR

MANOIR RAIDEMORT

UN LIVRE QUI SE JOUE AVEC LES PAGES DU DESTIN

NO 1

PERDU DANS LE MANOIR RAIDEMORT

PERDU DANS LE MANOIR RAIDEMORT

PERDU DANS LE
MANOIR RAIDEMORT

**Texte et illustrations
de
Richard Petit**

TOI!

Tu fais maintenant partie de la bande des
TÉMÉRAIRES DE L'HORREUR.

OUI ! Et c'est toi qui as le rôle principal dans ce livre où tu auras bien plus à faire que de tout simplement... LIRE. En effet, tu devras déterminer toi-même le dénouement de l'histoire en choisissant les numéros des chapitres suggérés afin, peut-être, d'éviter de basculer dans des pièges terribles ou de rencontrer des monstres horrifiants.

Aussi, au cours de ton aventure, lorsque tu feras face à certains dangers, tu auras à jouer au jeu des **PAGES DU DESTIN...** Par exemple, si dans ton aventure tu es poursuivi par une espèce de monstre dangereux et qu'il t'est demandé de TOURNER LES PAGES DU DESTIN afin de savoir si ce monstre va t'attraper, la première chose que tu dois tout de suite faire, c'est placer ton doigt tout tremblotant ou un signet à la page où tu es rendu pour ne pas perdre ta page, car tu auras à y revenir. Ensuite, SANS REGARDER, tu fais glisser ton pouce sur le côté de ton Passepeur en faisant tourner les feuilles rapidement pour finalement t'arrêter AU HASARD sur l'une d'elles.

Maintenant, regarde au bas de la page de droite. Il y a trois pictogrammes. Pour savoir si le monstre t'a attrapé, il n'y en a que deux qui te concernent,

celui de l'espadrille et celui de la main.

Pour le moment, tu ne t'occupes pas des autres. Ils te serviront dans d'autres situations. Je t'explique tout un peu plus loin.

Comme tu as peut-être remarqué, sur une page il y a une espadrille, et sur la suivante, il y a une main et ainsi de suite, jusqu'à la fin du livre. Si, par chance, en tournant les pages du destin, tu t'arrêtes au hasard sur le pictogramme de l'espadrille, eh bien bravo ! tu as réussi à t'enfuir. Là, retourne au chapitre où tu étais rendu. Il t'indiquera le numéro de l'autre chapitre où tu dois aller pour fuir le monstre. Si tu es le moindrement malchanceux et que tu t'arrêtes sur le pictogramme de la main, eh bien, le monstre t'a attrapé. Là encore, tu reviens au chapitre où tu étais, mais tu auras par contre à te rendre au chapitre indiqué où tu tomberas entre les griffes du monstre.

Lorsqu'on te demandera de TOURNER LES PAGES DU DESTIN, tu n'utiliseras, selon le cas, que les DEUX pictogrammes qui concernent l'événement. Voici les autres pictogrammes et leur signification...

Pour déterminer si une porte est verrouillée ou non :

 Si tu tombes sur ce pictogramme-ci, cela signifie qu'elle est verrouillée ;

 Si tu t'arrêtes sur celui-ci, cela signifie qu'elle est déverrouillée.

S'il y a un monstre qui regarde dans ta direction :

 Ce pictogramme veut dire qu'il t'a vu ;

 Celui-ci veut dire qu'il ne t'a pas vu.

À combien de monstres auras-tu à faire face ?

 Ce pictogramme représente un monstre seulement ;

 Celui-ci représente deux monstres.

Ta terrifiante aventure débute au chapitre 1. Et n'oublie pas : une seule finale te permet de terminer... *Perdu dans le manoir Raidemort.*

1

La cloche annonçant la fin de la journée d'école brise le silence en ce bel après-midi d'automne.

Aidé des autres élèves, tu pousses l'immense porte, qui grince sur ses gonds. Bousculé par tout le monde, tu essaies de te frayer un chemin jusqu'à la cour de l'école. Tout à coup, une main se tend vers toi, t'attrape et te tire hors de la cohue.

« Tu devrais sortir par la porte de secours, te suggère celle qui t'a écarté de cette marée d'élèves un peu fous. Je m'appelle Annick. Je vois que c'est ton premier jour ici, car tu saurais qu'il ne faut jamais sortir par la porte qui donne sur la cour de l'école. Il y a tant de monde que c'en est étourdissant !

— Oui, mes parents et moi venons à peine d'emménager, lui réponds-tu, un peu timide. Nous demeurons à quelques pâtés de maisons, ajoutes-tu en pointant du doigt le bout de la rue principale.

— Quel hasard ! Moi aussi, te dit-elle en souriant. Attends un peu, je vais faire un bout de chemin avec toi. »

Près de la clôture, elle enfourche elle aussi sa bicyclette puis s'écrie : « AH NON ! C'EST PAS VRAI !

— Qu'est-ce qu'il y a ? T'as une crevaison ?

— Non, c'est pire, j'ai mis le pied dans... dans... de la crotte de chien », te répond-elle, le visage grimaçant comme un clown.

En la regardant danser sur la pelouse pour nettoyer ses espadrilles, tu souris tout en pensant que ta nouvelle amie semble être « tout un numéro », comme dirait ton père. Tu la connais à peine, mais tu sais déjà qu'un regard aussi taquin ne peut signifier qu'une chose : avec elle, rien ne sera plus aussi banal maintenant.

Vous vous mettez à pédaler en zigzaguant sur le trottoir. Les rues du quartier te font penser aux contours sinueux d'un casse-tête.

Vous empruntez une des rues désaffectées près d'un vieux manoir. Il fait très sombre près de la haute muraille qui lui sert de clôture. Tu t'arrêtes près de la grande porte en fer forgé. Le manoir semble abandonné. À l'intérieur de l'enceinte, tu entrevois un cimetière, dans lequel se dressent des arbres morts et des pierres tombales fissurées.

« En fait de décor lugubre, on ne fait pas mieux ! lui fais-tu remarquer à voix basse. C'est une maison comme on en voit dans les films d'horreur.

— Oui, comme tu dis, t'accorde Annick soudainement devenue nerveuse. Mais au fait, te demande-t-elle en pressant le pas, tu ne m'as pas encore dit où tu habites...

— C'est tout près d'ici, sur la rue Latrouille... »

Soudain, **SHHHIIOOOUUUUU** ! le manoir s'enveloppe d'un mystérieux brouillard. Sans que tu en connaisses la raison, tes paroles ont provoqué cet étrange phénomène qui se manifeste juste sous vos yeux. Annick est de toute évidence effrayée, et ce n'est pas le froid qui a provoqué ce grand frisson qui te parcourt l'échine. C'EST LA PEUR !

« Explique moi ce qui se passe, lui demandes-tu en faisant quelques pas vers elle.

— Oui, je vais t'expliquer ! Mais avant, partons d'ici... »

Filez jusqu'au numéro 47

Oui ! Elle s'ouvre, soupires-tu de satisfaction en passant le seuil. Sur la pointe des pieds, le coeur battant la chamade, tu cours parmi les arbres dénudés d'une forêt dense.

WOOUUUUUUUUUUU !

L'effroyable cri du loup-garou s'estompe au fur et à mesure que tu t'éloignes de la cabane.

Caché à l'ombre d'un grand chêne, les mains appuyées sur les genoux, tu reprends ton souffle. C'est curieux, remarques-tu, les arbres, ici, semblent pourvus de feuilles, contrairement à tous les autres. Tout à coup, un croassement déchire le silence.

CRO-O-O-AH ! Et puis encore un autre. *CRO-O-O-AH !*

Les nuages s'étant dissipés, la lune répand maintenant sa lumière sur ces feuillages menaçants qui sont en réalité... DES CORBEAUX ! Des centaines de corbeaux, d'un noir des plus obscurs. Tu éprouves un vif sentiment de panique, car tu te souviens tout à coup avoir lu quelque part que ces oiseaux se repaissent de chair crue. Au secours !!!

Comment quitter leur repaire sans qu'ils te voient ?

Si tu décides de fuir en rampant sur le sol discrète-ment, va au numéro 35.

Par contre, si tu préfères tenter de les battre de vitesse, prépare-toi à courir jusqu'au numéro 5.

Tu sautes sur le premier barreau de l'échelle. *COUIIII COUIII !* Les rats semblent venir de tous bords, tous côtés. *COUIII COUIII !* Ils passent juste sous tes pieds. « Ouf ! fais-tu. Ils m'ont presque eu. Je déteste ces bestioles. »

Maintenant que tu es hors de danger, tu conti-nues à monter. Le cri des rats qui s'éloignent s'es-tompe peu à peu.

COUII ! COUII ! COUII !

Au fur et à mesure que tu montes dans l'échelle, il fait... DE PLUS EN PLUS NOIR ! Maintenant rendu dans l'obscurité totale, tu gravis à tâtons chaque échelon en espérant qu'il te conduise le plus près possible du manoir Raidemort. Soudain, ta tête heurte une trappe **KLONG !** en t'annonçant douloureusement que la sortie est là.

Pendant que tu te frottes la tête, une forte odeur de moisissure te monte subitement aux narines et te fait oublier ta douleur. Avec ton dos, tu pousses sur la trappe qui s'ouvre dans une cacophonie de grincements. **SHRI-I-IK ! SI-I-I-I-I !**

Du regard, tu fais un tour d'horizon rapide. Tu n'as pas la moindre idée de l'endroit où tu te trouves.

Pour le savoir, rends-toi au numéro 32.

Malheur ! Elles t'ont vu et se ruent avec fureur vers TOI.

FLOP ! FLOP ! FLOP !

D'une main, tu te protèges le visage et de l'autre, tu gesticules frénétiquement en espérant les éloigner. Tu ressens une vive douleur lorsque ton bras heurte leurs ailes noires, raides et poilues.

Tu es presque à bout de souffle lorsque soudain, ta main en heurte une de plein fouet **VLAN !** et l'expédie plusieurs mètres plus loin, où elle tombe par terre, inerte. Les autres, affolées par la perte d'une des leurs, décampent à toute vitesse et disparaissent entre les quelques petits nuages moutonneux qui cachent partiellement la lune.

Du coin de l'oeil, tu observes la chauve-souris gisant par terre, inanimée. Tu t'en approches lentement. Ton coeur bat la chamade. Quel cauchemar ! te dis-tu. Elle se remet à respirer. Tu peux voir dans sa bouche entrouverte ses longues dents de CHAUVE-SOURIS VAMPIRE ! Ce n'est pas le temps de moisir ici.

Tu te remets donc à marcher à pas prudents dans le sentier qui conduit sans doute au cimetière, car le vent apporte des effluves malodorants de cadavres.

Rends-toi au numéro 44.

Plusieurs secondes s'écoulent avant que tu te décides à courir. Et juste comme tu pars, **CRRAAC !** ton pied casse une branche ; les corbeaux se tournent dans ta direction...

« ZUT ! Qu'est-ce que j'ai fait ? Ils regardent tous par ici maintenant. J'espère qu'ils ne me verront pas », souhaites-tu.

Pour savoir si ces horrifiants oiseaux vont t'apercevoir, TOURNE LES PAGES DU DESTIN.

Si, par malheur, ils t'ont vu, rends-toi vite au numéro 15.

Mais si, par un heureux hasard, ils ne t'ont pas vu, fuis silencieusement jusqu'au numéro 33.

6

En sautant, tu réussis à esquiver deux d'entre elles, mais malheureusement, tu atterris tout près de la troisième, qui te saisit à la vitesse de l'éclair et enfonce ses ongles crochus dans tes jeans.

« AIE ! Lâche moi ! » lui cries-tu vainement tandis qu'une autre t'agrippe par le chandail. Coincé, tu es bloqué dans une position dont tu ne peux plus te dégager.

L'une après l'autre, ces mains douées d'une force surnaturelle t'emportent jusqu'au numéro 71.

7

Comme tous les autres arbres qui se trouvent aux alentours du manoir Raidemort, il a perdu ses feuilles depuis très longtemps. En plus, il ne semble pas très solide. Malgré cela, tu entames quand même son ascension. Arrivé à sa cime, tu t'arrêtes et constates qu'il n'y a rien de l'autre côté du mur qui pourrait t'aider à descendre.

« AH ZUT ! Comment vais-je faire pour passer de l'autre côté du mur maintenant, te demandes-tu. Il n'y a rien pour m'aider à descendre. » Alors que tu cherches une façon quelconque de traverser, CRAC ! fait la branche sur laquelle tu es appuyé, et BANG ! fait ton postérieur lorsqu'il se retrouve sur le sol à l'intérieur du domaine.

« AÏE ! AÏE ! » gémis-tu pour chacune de tes fesses.

Sur ton séant, tu tentes de percer la brume verdâtre qui s'accroche aux arbres. Ce décor lugubre te fait oublier d'un seul coup ton mal. Machinalement, tu te relèves pour continuer ton chemin.

Après quelques minutes de marche à travers cette forêt de cadavres d'arbres, tu découvres un sentier. Du côté gauche, le trajet semble dégagé. Un bruit sourd se fait entendre à droite. Tu te retournes...

Une nuée de ce qui semble être des oiseaux tout noirs arrive vers toi. Leur battement d'ailes précipité et leur vol désordonné ne peuvent signifier qu'une seule chose : CE SONT DES CHAUVE-SOURIS ! Sans perdre un instant, tu cours te cacher derrière un arbre tout en te demandant si elles t'ont vu.

Pour savoir si ces mammifères nocturnes t'ont aperçu, TOURNE LES PAGES DU DESTIN.

S'ils t'ont vu, rends-toi au numéro 4.
Si, par chance, ils ne t'ont pas vu, fuis jusqu'au numéro 11.

Combien de temps s'est-il passé ? Des minutes ? Des heures ? Peut-être plus... Tu ouvres les yeux, mais c'est inutile, il fait trop noir. Étendu sur le dos, tu palpes autour de toi. Tu constates que tu es enfermé dans une sorte de grande caisse en bois. Tu pousses et tu pousses... Les planches pourries finissent par céder. Avec tes mains, tu écartes la terre jusqu'à la surface.

Enfin les étoiles et la lune apparaissent et éclairent ton corps rongé par les vers et qui empeste la moisissure. Avec tes muscles pourris, tu as pu regagner le monde des vivants... Oui toi, LE ZOMBI !

FIN

9

MALHEUR ! La porte est verrouillée. Tu n'as plus le choix maintenant, la fenêtre est ta seule sortie.

Résigné, tu enlèves les toiles d'araignées qui l'entourent avant de t'y glisser. Tu jettes un regard vers ce monstre répugnant. Tu te doutes qu'une confrontation avec ce loup-garou sera sûrement dangereuse. Malgré cela, tu dois y aller. Et d'une simple enjambée, TU TE RETROUVES À L'EXTÉRIEUR...

Le loup-garou se tourne vers toi...

Tes mains crispées deviennent moites. Sous ton regard horrifié, la bête monstrueuse s'avance lentement vers toi en se martelant la poitrine. Tu te rends compte que toute tentative de fuite est inutile. Tu restes donc immobile. L'émotion te serre tellement la gorge que tu as de la difficulté à avaler.

La bouche entrouverte, les yeux rougis de rage, le loup-garou bondit sur toi en hurlant.

WOOOOOOOUUUUUUUUUUU !

Tu laisses échapper un gémissement de terreur avant de t'évanouir.

Tu recouvres tes esprits plus tard au numéro 12.

10

À première vue, l'énorme bouquin semble très vieux, peut-être même centenaire. Tremblant d'impatience, tu l'ouvres. Une odeur putride te monte aussitôt aux narines. Tu te pinces alors le nez du bout des doigts. Tu tournes rapidement les pages jaunies par le temps pour finalement arriver à la dernière, datée d'aujourd'hui, où il est écrit : « TRANSFERT DE LA DERNIÈRE VICTIME DANS LA MARMITE RÉUSSI ». Tu découvres avec horreur qu'il s'agit d'un grimoire. Tu le refermes. « Qu'est-ce que ça veut dire ? »

Tu penses à ta mère, et une pointe d'inquiétude te traverse. Soudain, un léger picotement te sort de tes pensées. Quelle horreur ! Une grosse et répugnante araignée couverte de poils a entrepris de s'introduire dans ta manche. Terrifié, tu la balaies d'un geste sec du revers de la main. Elle fait un vol plané en direction de l'étagère de produits chimiques, fracassant ainsi plusieurs fioles de verre qui se vident de leur contenu.

L'araignée, gisant sur le sol détrempé par ces liquides acides, se dissout graduellement. L'odeur âcre et nauséabonde qui s'en dégage te contraint à sortir du laboratoire. « POUAH ! Où est la sortie ? »

Tu te diriges vite vers le manoir en passant par le numéro 25. Avec beaucoup de chance et de persévérance, tu seras peut-être de retour chez toi avec ta mère avant la tombée de la nuit.

OUF ! Elles sont passées tout près de toi sans même te voir.

Tu te remets donc à marcher, à pas prudents. Plus

loin, une brise soudaine souffle la brume qui cachait le sentier à l'endroit où il se sépare en trois.

Rends-toi au numéro du chemin que tu auras choisi sur l'image...

SWOUP ! SWOUP ! SWOUP !

Le battement étouffé des ailes d'une chauve-souris te sort de ta torpeur. Tu ouvres les yeux. Étonné de n'avoir subi aucune blessure, tu tentes de te relever. Mais tu constates assez rapidement que c'est impossible, car tu es attaché au beau milieu des ruines d'un bâtiment qui fut jadis un mausolée.

Tu te mets à penser que ces décombres doivent lui servir de repaire. Pendant que tu cherches une façon de te défaire de ces cordes, une étrange bête mutante gratte le sol pour avancer vers toi.

CRI-I-I-CHE ! CRI-I-I-CHE !

« Mais qu'est-ce que c'est que ce truc ? te demandes-tu ; on dirait du SPAGHETTI AVEC DES CHEVEUX ou DES INTESTINS HUMAINS RESSUSCITÉS. Je dois absolument couper ces liens avant que cette horreur ne m'atteigne et surtout avant que le loup-garou ne revienne. Je ne veux certainement pas être au menu de leur prochain dîner ! »

À ta droite, tout près, se trouve une fenêtre brisée. Tu roules sur toi-même jusqu'à celle-ci en espérant dénicher un éclat de verre par terre. Mais tu trouves à la place le goulot d'une bouteille brisée, qui fera aussi bien l'affaire.

Tu ressens des picotements aux mains lorsque tu coupes la corde près de tes poignets. Maintenant debout, tu aperçois la lisière d'un champ qui pourrait te permettre de poursuivre ton aventure jusqu'au numéro 33.

En dépit de tes inquiétudes, tu peux aussi explorer les ruines du mausolée. Peut-être y trouveras-tu quelque chose d'intéressant ? Si tu es tenté par cette solution, rends-toi au numéro 81.

13

À l'intérieur, tout autour de toi, des centaines de livres et de manuscrits poussiéreux tapissent les murs du plancher au plafond. Ici et là, des araignées se balancent en l'air et tissent leur toile. « Cet endroit me donne la chair de poule », te dis-tu tandis que ton regard est irrésistiblement attiré par une machine bizarre qui semble fonctionner à l'électricité ou en générer.

Tu remarques qu'elle est branchée à d'énormes électrodes suspendues juste au-dessus d'une étrange table d'opération, située au beau milieu de la pièce. C'est un laboratoire, car sur le long comptoir qui s'étale devant toi se trouve une espèce d'alambic. Un drôle de liquide verdâtre en effervescence passe d'une éprouvette à l'autre par de petits tubes en serpentins pour finalement être recueilli dans une grosse fiole de verre, où il mijote sur un feu.

Sur l'étagère située juste au dessus, il y a plusieurs flacons scellés. « Ce sont sans doute les ingrédients qui servent à préparer des sortilèges malfaisants », te dis-tu en t'approchant pour lire les étiquettes. Le premier contient des langues de limaces.

BEURK !

Le deuxième, des oeufs de serpents pourris.

DOUBLE BEURK !

De toute évidence, quelqu'un ici se livre à toutes sortes d'expériences macabres. « Mais à quoi peut bien servir tout ce matériel ? » te demandes-tu en examinant de nouveau la table d'opération.

Près d'une fenêtre, tu remarques le vieux pupitre en chêne à deux tiroirs sur lequel repose un immense grimoire, qui est comme tu sais LE LIVRE DE MAGIE DES SORCIERS. Tu t'en approches.

Si tu désires jeter un coup d'oeil au grimoire, va au numéro 10.

Fouiller dans les tiroirs ? Pourquoi pas... Rends-toi au numéro 17, si tu oses.

14

En te faufilant entre les arbres de cette flore menaçante, tu découvres un sentier qui par chance conduit dans la bonne direction.

Pressé, tu dévales à grands pas le petit chemin de gravier jusqu'à ce que devant toi, s'étende une immense nappe d'eau noirâtre et stagnante : LES INFRANCHISSABLES MARAIS. Par ici, la chaleur est quasi tropicale. Partout des arbres et des pointes de végétations transpercent la surface luisante de l'eau, montrant que, par endroits, l'étang est peu profond. Le traverser en marchant ? C'est hors de question, car tu coulerais dans son lit de vase comme dans du sable mouvant.

Sur le rivage, ton regard s'arrête sur un petit monument de pierre muni de deux leviers, un de chaque côté. Tu t'en approches. Dessus, un étrange message est gravé : « Réponds correctement à cette énigme et tu pourras traverser le marais sans difficulté. Mais gare à toi si tu choisis la mauvaise réponse... »

Les mains sur les hanches, tu observes le marais en considérant la question. « Pour le traverser, je pourrais aussi passer d'un arbre à l'autre jusqu'à ce que j'arrive de l'autre côté. »

Deux possibilités s'offrent donc à toi : essayer de traverser le marais en passant par les arbres ou tenter ta chance en répondant à l'énigme.

Pour essayer de traverser le marais en passant par les arbres, grimpe au numéro 45.

Tu veux tenter ta chance avec l'énigme ? Alors rends-toi au numéro 64.

Deux corbeaux ouvrent grand leurs ailes et les rabattent rapidement pour s'envoler vers toi, BEC OUVERT. À la dernière seconde, tu te jettes par terre. Le plus petit heurte un arbre et se brise l'aile. Ses cris d'agonie couvrent les croassements du plus gros, qui s'éloigne pour mieux se lancer à l'attaque.

CROAH ! CROAH !

Après une courte vrille au dessus de la cime des arbres, il replie de nouveau ses ailes pour plonger avec fougue vers toi. Il te vient tout à coup une idée. « C'est peut-être une ruse de dessins animés, te dis-tu, mais ça vaut la peine d'essayer. »

Très vite tu enlèves ton chandail pour le tenir devant un rocher en le remuant à la façon d'un torero. Le long sifflement du vol plané de l'oiseau se fait plus audible... LE CARNASSIER S'APPROCHE !

En effet, son ombre se profile entre les branches. Berné par ton astuce, le corbeau file tout droit jusqu'à ton chandail et frappe de plein fouet le rocher : **BANG !** Complètement assommé, il gît maintenant sur le sol.

OUF ! il s'en est fallu de peu... TROP PEU !

Tu pars soulagé vers le numéro 33 en regardant du coin de l'oeil le corps inanimé du corbeau.

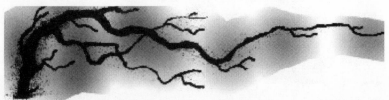

16

Presque immobilisé par la matière visqueuse qui recouvre en partie le sol du cimetière, tu regardes la main s'agiter sans toutefois réussir à se délivrer de sa prison de terre. Ce mort-vivant restera où il est.

Tu surveilles du coin de l'oeil l'autre zombi qui, furieux de voir que son « copain de cercueil » ne peut se joindre à lui pour le « festin », s'élance comme un déchaîné SUR TOI !

D'un vif mouvement de jambes digne des meilleurs vidéoclips, tu réussis à te dégager les pieds du sol vaseux et à t'enfuir. Tu cours le plus vite possible, mais ta jambe frappe malencontreusement un cercueil à demi enseveli dans le sol, que la brume cachait... **BANG !**

« AÏE ! » cries tu en tombant de tout ton long derrière une grande pierre tombale. L'ombre du zombi glisse près de toi ; tu n'oses même pas regarder, tu fermes les yeux...

Au moment où la situation te semble désespérée, **BRAOUM !** un violent bruit retentit et une grosse roche apparaît et vient rouler jusqu'à toi. Puis tout devient silencieux.

Toujours caché derrière le monument, tu sors la tête pour comprendre ce qui vient de se passer.

Cherche le numéro 24.

17

Un épais nuage de poussière s'échappe du fauteuil lorsque tu t'assois face au pupitre. Doucement, tu tires le premier tiroir. Quelques crayons et stylos roulent pour finalement s'arrêter près d'un couteau rouillé. Il y a aussi quelques notes sans importance et tout au fond... UNE LAMPE DE POCHE.

Tu la prends et constates par son poids qu'elle contient des piles. Tu pousses sur l'interrupteur en visant le mur, mais celui-ci demeure toujours sombre. Ton regard fixe l'ampoule, à peine rougie par le trop faible courant. « ZUT ! Pas de chance ! » te dis-tu en la lançant dans le tiroir avant de le refermer.

Le deuxième tiroir est muni d'une petite serrure. Peut-être cache-t-il quelques sombres secrets ?

Pour savoir si le tiroir est verrouillé, TOURNE LES PAGES DU DESTIN.

Si le tiroir est verrouillé, va au numéro 60.
Si, par chance, il s'ouvre, rends-toi au numéro 31.

18

Avec détermination, tu pousses l'immense couvercle en fer de la bouche d'égout qui t'ouvre l'accès au canal souterrain : **CR-R-R-R-R-R !**

« Pourvu qu'il me conduise à l'intérieur du domaine », espères-tu, en voyant s'engouffrer le brouillard dans l'ouverture.

La gorge serrée par l'émotion, tu entreprends lentement de descendre jusqu'au fond.

Rendu en bas, tu te retrouves les deux pieds dans une eau glauque au beau milieu d'un carrefour de conduits. « POUAH ! Que ça pue », fais-tu avec dégoût. Par chance, un des quatre conduits semble se diriger vers le manoir. « Ouf ! quelle veine ! » marmonnes-tu en y pénétrant aussitôt afin de quitter au plus vite ce lieu pestilentiel.

Soudain, un léger clapotis se fait entendre derrière toi : **PLIK ! PLIK ! PLIK !** Le bruit se rapproche de plus en plus : **PLIK ! PLIK ! PLIK !**

« QUI EST LÀ ? » cries-tu nerveusement en scrutant la pénombre du tunnel.

Tes yeux s'ouvrent tout grands et un frisson de terreur te parcourt le corps de la tête aux pieds : une meute de rats affamés arrive vers toi. Sans plus attendre, tu te sauves au pas de course.

Pendant que tu cours, tu jettes un bref coup d'oeil en arrière de toi : « HA-A-A-AH ! » cries-tu encore à la vue des rongeurs qui peu à peu gagnent du terrain. Tu accélères aussitôt le pas. Au loin, tu aperçois une échelle qui t'offre peut-être une issue.

Tu as le choix de t'agripper à l'échelle qui se trouve au numéro 3.

Ou tu peux continuer dans le tunnel pour te rapprocher encore plus près du manoir. Dans ce cas-là, cours vite jusqu'au numéro 22.

19

Immobilisé dans cette matière visqueuse qui recouvre partiellement le sol, tu observes, en ravalant ta salive bruyamment, le deuxième zombi qui sort graduellement des profondeurs du cimetière.

Sa main répugnante, puis son visage couvert de pustules et enfin son corps horriblement rongé par les vers sortent tour à tour de terre en se trémoussant avec une vigueur inhumaine.

Les lueurs blafardes de la lune éclairent maintenant les DEUX ZOMBIS qui, déchaînés, s'élancent sur toi et te saisissent. Sans effort, ils te soulèvent, t'emportent et t'enferment dans un cercueil de bois. Tu essaies tant bien que mal de sortir, mais ils réussissent quand même à fermer le couvercle. Tu te retrouves maintenant dans une terrifiante obscurité.

« LAISSEZ-MOI SORTIR ! » leur cries-tu en frappant sur les parois. Désespéré, tu te sens maintenant traîné sur plusieurs mètres dans les dédales du cimetière.

Après plusieurs longues et angoissantes minutes, tu t'évanouis... Tu ouvres les yeux, beaucoup plus tard, au numéro 8.

20

De son seul bras, il tente de t'attraper, mais tu réussis à t'esquiver.

À travers ses vêtements en lambeaux, tu peux entrevoir ses plaies ouvertes, sa chair putréfiée et ses os. Tu te couvres la bouche de la main pour éviter de vomir et te faufiles rapidement entre lui et les pierres tombales afin de t'enfuir par le cimetière.

Le sol à demi inondé d'une substance visqueuse ralentit considérablement tes pas, si bien que tu te mets à t'enfoncer graduellement. Le zombi s'approche tranquillement de toi et ouvre sa bouche en décomposition. Un liquide noirâtre s'en écoule et tout de suite après, l'écho d'un cri retentit comme si la source provenait de ses entrailles : *GUEEUUU !*

Au même moment, une partie du sol situé devant toi se met à bouger. Lentement, une main osseuse en émerge. « NON, PAS UN AUTRE ZOMBI ! » cries-tu, et avec raison, car si le deuxième réussit à sortir du sol, tu ne pourras probablement plus t'échapper. Auras-tu à faire face à un ou deux de ces monstres ?

Pour savoir combien de zombis tu auras à affronter, TOURNE LES PAGES DU DESTIN.

Si tu n'as à faire face qu'à un seul zombi, cours vite jusqu'au numéro 16.
Si par malheur, tu dois affronter deux de ces deux morts-vivants, rends-toi au numéro 19.

21

Il commence à se faire tard et même TRÈS TARD. Le manteau noir de la nuit couvre à présent le ciel tout entier. Tu quittes le cimetière pour te rendre à ces fameuses « ÉPREUVES DU DIABLE ».

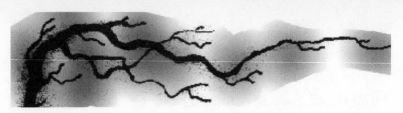

« OUF ! Voilà sans doute le chemin dont Jean-Christophe me parlait plus tôt », te rassures-tu en marchant maintenant dans une étroite allée entourée d'arbres exotiques provenant des lieux les plus reculés du monde. À droite, le dangereux palmier étrangleur de la Vallée perdue. À gauche, les cactus-vampires des grottes de Transylvanie qu'il te faut contourner avec mille précautions.

Le sentier s'élargit enfin et s'arrête à une grande porte de bois cloutée, que des touffes de mauvaises herbes ont entrepris de couvrir. « Le jardin se trouve sans doute de l'autre côté », te dis-tu. En effet, sur un des contreforts du mur se trouve un panneau de bois crevassé où il est écrit : « Danger, plantes carnivo ». L'auteur de ce message n'a sans doute pas eu le temps de terminer sa phrase... pourquoi ?

« Ce jardin de plantes carnivores est la seule voie possible pour me rendre au manoir, car si je me fie à ce que Jean-Christophe m'a raconté, les marais sont supposément INFRANCHISSABLES. J'espère juste que cette lourde porte ne sera pas fermée à clé. »

Pour savoir si elle est verrouillée, TOURNE LES PAGES DU DESTIN.

Si elle n'est pas verrouillée, entre dans le jardin par le numéro 43.

Si, par contre, elle est verrouillée, tourne les talons et marche jusqu'aux infranchissables marais qui se trouvent au numéro 14, et tente malgré tout de les franchir...

22

Malgré la dégoûtante meute de rats à tes trousses, tu as décidé de continuer dans le tunnel de l'égout afin de te rendre le plus près possible du manoir, et plus vite, plus vite...

Tu arrives dans une partie du tunnel qui prend rapidement une pente descendante. Il est trop tard pour arrêter : tu tentes de garder ton équilibre, mais en vain. Tes deux pieds dérapent sur le sol humide

et partent en l'air. Tu te retrouves malencontreusement sur le postérieur, dans une glissade qui s'annonce vertigineuse. « OUA-A-AH ! »

Tout en bas, au bout du tunnel, tu aperçois un
mur. Tu tentes désespérément de te ralentir en
t'agrippant aux parois, mais sans succès. Tu te pré-
pares donc pour l'impact. Quelques mètres plus
loin, tes pieds entrent de plein fouet dans le mur
qui **CR-R-R-R-R-R** ! croule sous ton poids.

Après deux pirouettes, tu te retrouves dans un
petit sous-sol, avec quelques égratignures, mais au
moins, tu es à l'abri des rats.

Un petit escalier de bois vermoulu t'offre enfin une
chance de sortir de ce dédale souterrain humide et
ténébreux. Monte ses marches jusqu'au numéro 13.

23

Tu te diriges donc, d'un pas décidé, vers le
manoir de la sorcière. Il fait déjà noir et, à cause du
brouillard, tu distingues mal les dalles du trottoir
sur lesquelles tu poses les pieds. Arrivé à la porte
de la clôture du domaine, tu tentes de toutes tes
forces de l'ouvrir, mais en vain. Tu te rends alors
compte qu'elle est figée dans la rouille. Soudain,

un cri sourd, venant du manoir, retentit et te glace d'effroi :

« YAAA-A-A-A-H ! ».

Malgré ta peur, tu dois trouver un moyen de pénétrer dans le domaine. Au coin de la rue, un réverbère éclaire et met en évidence un arbre qui surplombe le mur de pierre. « En y grimpant, je pourrai peut-être traverser de l'autre côté de la muraille », te dis-tu. Tu remarques aussi par terre une bouche d'égout. Elle pourrait probablement te conduire à l'intérieur du domaine.

Si tu préfères te servir de l'arbre pour te rendre à l'intérieur du domaine, grimpe jusqu'au numéro 7.

Par contre, si tu n'as pas peur de l'obscurité, tu peux te risquer d'y entrer par l'égout qui se trouve au numéro 18.

Tu es tout étonné lorsque tu constates que le zombi a été assommé et qu'il gît maintenant dans la vase. « Cette pierre a dû l'atteindre à la tête avant de tomber et de rouler près de moi. Mais, ma foi, d'où venait-elle ? » te demandes-tu.

Oui ! d'où venait cette pierre ? Rends-toi au numéro 38 : peut-être y trouveras-tu la réponse...

Il se fait tard, et le paysage s'assombrit de plus en plus. Le silence qui règne pèse lourd sur tes épaules. Seules bruissent les branches de ces arbres

morts qui t'entourent et qui semblent guider tes pas. Fais attention ! À tout instant, une des créatures répugnantes du clan de la sorcière peut te barrer la route et t'assaillir. Au bout de ce chemin sombre fait de gravier d'ardoise apparaît enfin...
LE MANOIR RAIDEMORT !

Il se dresse à quelques mètres de toi, majestueux et terrifiant. Si c'est vrai que la peur peut guérir le hoquet, eh bien toi, tu ne l'auras plus jamais...

 Le brouillard se dissipe peu à peu. Ton regard embrasse la lune, ta seule compagne depuis le début de ton aventure. Elle éclaire cette voie qui te conduit vers l'ultime étape de ce cauchemar.

Tu marches lentement, très lentement. Il semble s'écouler plusieurs minutes entre chacun de tes pas, minutes qui te donnent l'impression de se transformer en éternité. Cinq colonnes entourent le portail de l'entrée comme les cinq doigts d'une main immense prête à te saisir. « Cette lugubre demeure ne me fait pas peur », essaies-tu de te convaincre. Tu t'avances jusqu'à la porte que tu tentes d'ouvrir. Est-elle verrouillée ?

Pour le savoir, TOURNE LES PAGES DU DESTIN.

Si la porte n'est pas verrouillée, entre vite par le numéro 40.

Si, par contre, elle l'est, tu dois trouver une autre façon d'y entrer. Cherche au numéro 58.

26

De son unique bras, IL T'ATTRAPE PAR LE CHANDAIL ! Ses plaies ouvertes et purulentes te laissent entrevoir ses os et sa chair putréfiée. Tu laisses échapper un « OUARK ! » avant de te couvrir la bouche de la main pour éviter de vomir.

« Il semble bien que ma chance de devenir un héros tire à sa fin », penses-tu tandis qu'il t'entraîne dans les profondeurs crépusculaires du cimetière. Tes pas s'enfoncent graduellement dans le sol à demi inondé d'une dégoûtante substance visqueuse qui colle à tes espadrilles.

Il te traîne sur plusieurs mètres encore avant de s'arrêter devant un monticule de terre et de vase où niche une très ancienne pierre tombale fissurée, placée en équilibre précaire. C'est alors qu'il ouvre sa bouche pourrie et à demi décomposée. Un liquide noirâtre s'en écoule, suivi de l'écho sépulcral d'un cri dont la source semble être ses entrailles corrompues :

GUEEEUUUUU...

Une partie du monticule se met soudainement à bouger. Lentement, t-r-è-s l-e-n-t-e-m-e-n-t, une répugnante main osseuse en sort. « NON ! PAS UN AUTRE ZOMBI... » cries-tu, avec raison, car si jamais le deuxième mort-vivant réussit à sortir de son tombeau, tu ne pourras sans doute jamais échapper à ces deux monstres assoiffés de sang.

Pour savoir à combien de ces monstres tu auras à faire face, TOURNE LES PAGES DU DESTIN.

Si le destin a décidé que tu ne feras face qu'à un monstre, rends-toi au numéro 16.

Mais si, par malchance, tu dois affronter deux monstres, ton avenir est au numéro 19, si tu en a un...

En dépit de tes appréhensions, tu empruntes ce sentier qui a l'air aussi tortueux que dangereux jusqu'à cette plantation qui, étrangement, cache une clairière. À pas prudents, tu avances jusqu'au milieu de cet espace dégarni. Tout autour, de grandes et hideuses plantes sont disposées côte à côte comme les barreaux hostiles d'une prison.

Tu remarques tout à coup que les immenses feuilles au rebord en dents de scie de ces plantes sont toutes orientées vers toi, comme si elles avaient senti ta présence. Pour en avoir le coeur net, tu déambules lentement dans la clairière, mine de rien. Les feuillages suivent tes déplacements et s'arrêtent lorsque tu t'arrêtes.

« OH ! OOOH ! Je n'aime pas cela du tout », murmures-tu. Ce sont sûrement les fameuses plantes carnivores des " épreuves du diable ", et tu constates quelles sont affamées. Oui, car elles se lèchent les babines. Devant ce danger, tu cherches désespérément à fuir. Mais avant d'avoir fait le moindre geste, TU ES ATTAQUÉ !

Combien de ces créatures aux dents acérées comme des poignards devras-tu affronter ?

*Pour le savoir, **TOURNE LES PAGES DU DESTIN.***

Si, par chance, tu dois te battre avec seulement une plante, rends-toi vite au numéro 82.

Mais si les pages du destin ont décidé que tu devras en affronter deux, va au numéro 37.

28

Le valet se dirige vers la porte de vitrail du salon.

« Je vais le suivre, te dis-tu : peut-être me conduira-t-il directement à la sorcière. » Sa démarche droite et stoïque te rappelle celle des guerriers-robots du film *La Guerre des planètes*.

Il change de direction et se dirige main- tenant, à ta grande surprise, directement... VERS UN MUR !

« Mais qu'est-ce qu'il fait ? Où va-t-il ? te demandes-tu ; il n'y a aucune porte dans cette partie de la maison. Peut-être qu'il y a un passage secret... »

Tu ne quittes pas des yeux le valet qui poursuit toujours son chemin, car il pourrait à tout moment disparaître par une trappe dans le plancher ou par toute autre ouverture cachée. Mais arrivé au mur, il passe à travers comme si de rien n'était, COMME UN FANTÔME !

Tu t'approches du mur pour voir s'il ne s'agirait pas plutôt d'un passage secret. Tu poses les mains sur le mur. « Non ! pas de corridor caché : ce valet était donc un REVENANT », constates-tu avec stupéfaction. « Incroyable, la sorcière Frénégonde a un fantôme comme serviteur ! »

Juste au moment où tu t'apprêtes à repartir vers la cuisine, SA MAIN RESSORT DU MUR...

Cherche le numéro 85.

29

Au moment même où tu poses le pied sur le plancher, la porte se referme **BLANG !** et se barre **CHLICK !** TU ES MAINTENANT PRISONNIER DE CE COULOIR!

Maintenant, il te faut absolument le traverser si tu veux t'en sortir, en essayant bien sûr de ne pas te faire harponner par les griffes de ces dégoûtantes mains crasseuses. Si par malheur, une seule d'entre elles t'attrape... elle te ramènera inlassablement au début du couloir, et il ne te restera plus qu'à essayer de nouveau à le franchir. Comme un perpétuel recommencement. Prisonnier, tu passeras le reste de ta vie à essayer de t'enfuir...

Tu surveilles attentivement chacun de leurs mouvements, tantôt irréguliers, tantôt prévisibles, attendant l'occasion pour te faufiler entre elles. Finalement, une ouverture s'offre à toi.

VAS-Y ! cours jusqu'au numéro 77.

Tu te retournes *rapidement* vers la porte de vitrail.

Suspendue à son linteau, une gigantesque chauve-souris carrément dégueulasse ouvre grand ses ailes noires puis s'envole dans la pièce dans un tumulte de cris. *HRUI ! HRUI ! HRUI !*

Effrayé, tu recules rapidement... Trop tard, car les trois bougies s'éteignent... Perdu dans la pénombre, tu laisses échapper un « OUCH ! » Elle t'a mordu...

Le visage grimaçant de douleur, tu te demandes si sa morsure est mortelle. La réponse ne tarde pas à venir. Affaibli, tu tombes sur le dos. Il fait soudainement encore plus sombre dans ce monde de noirceur...

FIN

31

Tu tends la main, mais au lieu de glisser et de s'ouvrir, le tiroir pivote de façon inattendue vers la droite. Le bruit sec d'un mécanisme infernal se fait entendre TCHIIIC-CLIC ! C'EST UN PIÈGE ! Brusquement, le fauteuil bascule dans une trappe à abattant pratiquée dans le plancher. Tu tombes et arrives bruyamment sur le sol BANG ! d'une pièce souterraine, toujours assis dans le fauteuil.

« OUA-A-A-AH ! » fais-tu à la vue des ossements entremêlés de serpents vert vif qui couvrent le sol de cette pièce. Un grondement indescriptible te fait bondir de ton siège : GRR-GRR-GRRR ! Irrité, tu cherches la provenance de ce bruit incessant. Tes yeux s'agrandissent de frayeur quand tu constates que... LES MURS SE RAPPROCHENT ET VONT T'ÉCRABOUILLER !

SAUVE QUI PEUT ! Sans perdre une seconde, tu cours vers l'extrémité de la pièce qui rétrécit de plus en plus. Les ossements que tu piétines craquent et se brisent sous tes pieds. IL N'Y A PAS DE SORTIE !

Les murs se rapprochent toujours, ils sont maintenant tout près, c'est la...

FIN

32

C'est avec mille précautions que tu refermes la trappe pour éviter de faire le moindre bruit. Tu te retrouves maintenant dans ce qui semble n'être qu'une simple baraque désaffectée, faite de planches de bois disjointes. Elle ne contient qu'une table et une vieille chaise brisée, que la lune éclaire à travers la fenêtre sans vitre. Soudain, un étrange hurlement se fait entendre. Il est si effrayant qu'il te glace le sang...

WOOOUUUUUUH !

Poussé par la curiosité (OU LA PEUR !), tu t'approches lentement de la fenêtre.

GRRRRRRR ! GROOOOW !

Oui ! Ce grognement vient de l'extérieur de la cabane. « Mais quelle espèce d'animal peut bien gémir de la sorte ? » t'interroges-tu en jetant un coup d'oeil craintif à la fenêtre.

Dressé, les yeux rougis de sang, un animal mi-homme, mi-loup hurle à la pleine lune qui apparaît tout d'un coup entre deux nuages.

WOOOUUH !

SAPRISTI ! C'est un loup-garou... Effrayé, tu peux à peine à respirer. Ce n'est pas du cinéma :

celui-ci est bien en chair, en os, en poils et EN DENTS LONGUES ET POINTUES.

WOOOUUUUUUUUUUAH !

Tu examines l'intérieur de la baraque. L'unique porte de cette cabane se trouve dans la partie peu éclairée de la pièce. Si elle s'ouvre, voilà ta chance de t'éclipser sans que ce loup-garou assoiffé de sang ne te voie. Mais peut être est-elle verrouillée ? Dans ce cas, tu devras essayer de sortir discrètement par la fenêtre afin d'éviter de tomber dans les griffes de ce redoutable monstre.

Pour savoir si la porte est verrouillée, TOURNE LES PAGES DU DESTIN.

Si, par chance, la porte n'est pas verrouillée, sors et cours vite jusqu'au numéro 2.

Mais si par malheur la porte est verrouillée, tu dois tenter de fuir par la fenêtre en passant par le numéro 9.

33

Tu te mets à penser à ta pauvre mère ainsi qu'à toutes les autres innocentes victimes que cette satanée malédiction a faites. « Je dois aller jusqu'au bout, te dis-tu, il est hors de question que je reparte sans elle. Je dois trouver cette ignoble sorcière coûte que coûte... »

Il y a une chose qu'il ne faut pas que tu oublies. Ce n'est pas sorcier de trouver UNE SORCIÈRE ! Parce que, vois-tu, la plupart du temps, c'est elle qui te trouve...

Un peu plus loin, tu aperçois une petite construction cachée entre les arbres tortueux de cette lugubre forêt. Des formes inquiétantes passent en voltigeant au-dessus de toi et disparaissent au loin dans l'obscurité. « C'ÉTAIT QUOI ÇA ? » te demandes-tu. Tu te sers du revers de ta manche pour t'essuyer le front. La sueur qui couvre ton visage n'est pas due à la chaleur : c'est la peur...

À première vue, ce bâtiment de bois et de pierres semble inoccupé... pour l'instant. Tu t'en approches pour voir si tu ne pourrais pas y entrer.

CLIC ! CLOC ! fait le verrou, et la porte s'ouvre sous tes doigts.

Tu y entres par le numéro 13.

34

« Si Jean-Christophe est à la hauteur de sa réputation de CHASSEUR DE FANTÔMES, il tirera sûrement son épingle du jeu lorsqu'il sera nez à nez avec le loup-garou » essaies-tu de te convaincre afin d'oublier ton inquiétude.

De la fenêtre, tu le regardes marcher le long du mur. Dire qu'il est si près de toi et que tu ne peux même pas lui faire le moindre signe pour l'avertir du danger qui l'attend. Tu ne peux t'arrêter de penser à l'expression « Se jeter dans la gueule du loup »... Ouais ! Du loup-garou serait plus juste !

Bien inconscient du danger, il contourne le coin de la maison et se retrouve, comme tu l'avais prévu, face à face avec l'homme-loup. Ce dernier se lance férocement sur lui. Jean-Christophe esquive brillamment l'attaque en se jetant par terre. Le loup-garou revient à la charge. *GROOOOOOOUUUU !*

Jean-Christophe se relève d'un coup, fait demi-tour et s'enfuit à toutes jambes. Avec le loup-garou à ses trousses, il disparaît entre les arbres de l'obscure forêt. « Pourvu qu'il ne lui arrive rien, te dis-tu, je m'en voudrais pour le reste de ma vie. »

Très inquiet, tu pars vers le numéro 74.

35

Sans plus attendre, tu t'allonges à plat ventre sur le sol. Ton corps disparaît, enveloppé comme dans une couverture par cette étrange brume verte qui semble provenir des profondeurs les plus sombres de la forêt. En surveillant le groupe de corbeaux des yeux, tu rampes prudemment pour ne pas attirer leur attention.

Tu te traînes ainsi pendant de longues et angoissantes minutes, pour t'éloigner de leur repaire. Enfin tu te relèves en secouant vigoureusement tes jeans pour enlever la saleté. « Bien joué ! » penses-tu. Mais là tu te trompes ! Sans t'en rendre compte, tu t'es engouffré trop profondément dans le boisé des « ARBRES IDENTIQUES ! »

Dans cette forêt maléfique, il est impossible de retrouver son chemin, car vois-tu... TOUS LES ARBRES SE RESSEMBLENT !

FIN

Rendu à l'entrée de la cour de ta maison, tu t'arrêtes pour saluer ta copine qui, perdue dans ses pensées, continue son chemin sans mot dire. « Que de balivernes tout cela ! » conclus-tu au moment de mettre le pied sur le balcon.

Chose curieuse, la porte de la maison est entrouverte. Sans trop t'en préocuper, tu entres.

« Bonjour maman ! » lances-tu en la refermant, mais aucune réponse ne se fait entendre. Tu répètes. Mais le silence persiste toujours. Tu te mets à la chercher dans toute la maison.

Dans la cuisine, tu ne trouves pas même la note qu'elle t'aurait normalement laissée sur le réfrigérateur. Par contre, tu remarques, sur le parquet, une orange... Tu t'approches pour la ramasser. Tu constates que le contenu d'un sac d'épicerie déchiré est répandu sur le plancher. Ton regard fait rapidement le tour de la pièce : des traces de lutte sont nettement visibles. Tu songes tout à coup à ce que t'a raconté Annick.

« Se pourrait-il que toute cette invraisemblable

histoire de malédiction soit vraie ? Il n'y a pas d'autre explication, songes-tu tout à coup, car maman ne quitte jamais la maison sans me laisser une note. Cette cruelle sorcière a dû emmener ma mère jusqu'au manoir. »

À cette pensée, tu te mets aussitôt à trembler. Que vas-tu faire ? Tu ne peux même pas rejoindre ton père, car il est en voyage d'affaires. Dans un vent de panique, tu te diriges directement sur le téléphone pour tenter de rejoindre la police, mais ça se complique : QUELQU'UN A COUPÉ LA LIGNE TÉLÉPHONIQUE.

À ce moment, tu réalises que tu n'as pas le choix. Tu dois agir vite... et SEUL.

Rends-toi sur le champ au manoir Raidemort qui se trouve au numéro 23.

Brusquement, dans un fracas épouvantable **GRBROUUU !**, deux de ces hideuses plantes carnivores aux mâchoires proéminentes sortent de leur lit de terre. Elles avancent vers toi en grattant le sol de leurs grossières racines couvertes de ventouses. Avec la hargne d'un animal enragé, elles passent à l'attaque...

Même s'il y a peu de chance que tu puisses les vaincre dans un combat singulier, tu te jettes d'un seul bond sur l'une d'elles. Les deux pieds bien ancrés dans son feuillage, tu la martèles de coups de poing. Mais peine perdue, ça ne fait que l'enrager davantage. Furieuse, elle se met à gronder et à rugir : *GRROOOW ! RRRROOU !* Se secouant énergi-quement de tous les côtés, elle fouette l'air de ses feuilles tranchantes comme des lames de rasoir et t'entaille le bras. **SWOUCHH !** Tu saignes abondamment.

Avec une foudroyante rapidité, elle t'enroule ses lianes tentaculaires autour du corps pour te serrer contre son tronc hérissé d'épines empoisonnées. À demi étouffé, tu te débats pour te dégager. Tu résistes et résistes, mais en vain. Ton corps est tellement compressé que tu arrives à peine à respirer. Les épines se rapprochent, tu te sens tout à coup étourdi. Tu bascules dans l'inconscience.

Malheureusement, ton aventure est arrivée à sa...

FIN

Un murmure se fait soudain entendre. Ça semble provenir du fond du cimetière, de l'autre côté de la clôture. Un autre zombi peut-être ? Prudent, tu tends l'oreille...

Non, c'est une voix familière, qui en plus t'appelle par ton nom. « Qui est là ? demandes-tu, intrigué.

— C'est moi ! Jean-Christophe, répond la voix.

— JEAN-CHRISTOPHE ! Est-ce bien toi ? lui demandes-tu, espérant recevoir une réponse affirmative.

— Oui ! te répond-il en écartant les vagues de brouillard de ses mains. C'est bien moi ! Tu t'attendais à voir un fantôme ? te demande-t-il d'un ton moqueur.

— Oui, car il faut me croire, il y en a plein de ce côté-ci !

— Je sais, c'est moi qui ai lancé les pierres pardessus le mur pour assomer le zombi, précise-t-il, heureux de son coup.

— Merci de m'avoir sorti de ce danger. Mais dismoi, comment as-tu pu deviner que j'étais ici ?

— Alors que je faisais des courses pour mon père, j'ai vu qu'une sorte de revenant emportait ta mère, alors je n'ai pas hésité une seconde, je l'ai suivi jusqu'ici. Il a survolé la clôture, puis s'est directement dirigé, comme je pensais, vers le manoir de la sorcière Frénégonde.

— J'EN ÉTAIS SÛR ! Je dois absolument aller la sauver, lui dis-tu d'un ton résigné.

— Écoute-moi bien, te conseille Jean-Christophe, j'ai consulté *L'Encyclopédie noire de l'épouvante*, et la légende dit que le domaine de la sorcière est protégé par LES ÉPREUVES DU DIABLE. Il s'agit de deux obstacles de taille : les infranchissables marais et le jardin des plantes carnivores affamées. Pour te rendre au manoir, tu dois passer par l'un ou l'autre. Les deux routes regorgent de périls I N I M A G I N A B L E S, même dans le pire des cauchemars. SOIS TRÈS PRUDENT ! J'essaierai de te rejoindre. À plus tard », dit-il en s'éloignant.

À nouveau seul, tu te retrouves au numéro 21.

Monter dans une échelle faite de cordage ne se fait pas sans difficulté, car ça branle énormément. Avec un chandelier dans les mains en plus, ce n'est certes pas une sinécure.

Rendu à mi-chemin, tu regardes ta montre tout en essayant de reprendre ton souffle. Elle indique 23 h 15. Tu réalises à cet instant qu'il sera bientôt minuit et que tu te retrouves suspendu au cœur même de ce sinistre manoir.

« Belle façon de passer ma première nuit dans mon nouveau quartier, songes-tu. Papa ne croira jamais mon histoire. Si je réussis à m'en sortir vivant, évidemment... »

Sans trop t'en rendre compte, tu as fait une découverte assez importante. En effet, l'échelle dans laquelle tu viens de grimper aboutit à un corridor secret conduisant de l'autre côté de l'immense porte en bois derrière laquelle se trouvent... LES FAMEUX CACHOTS !

Rampe dans le tunnel et rends-toi discrètement jusqu'au cachot qui se trouve au numéro 52.

Tu t'avances en poussant l'immense porte qui s'ouvre en grinçant d'une musique qui semble venir des confins de l'enfer.

SHRIIIIIKKKSSSS !

L'ambiance spectaculairement funèbre du hall te saisit. Le plafond et les murs de la pièce sont ornés de guirlandes faites de toiles d'araignées, ce qui lui confère un air de FÊTE MACABRE à laquelle tu es invité ! L'endroit est éclairé par une douzaine de chandelles qui se consument dans l'immense candélabre de cristal qui trône au centre de la pièce. Sur le tapis de poussière qui couvre tout le plancher, des marques de pas conduisent jusqu'au pied d'un grand escalier.

Entre les papiers peints qui frisent sur les murs, tu remarques trois portes. Tes yeux ne peuvent se détacher de l'une d'entre elles, la plus grande. L'intrigant vitrail dont elle est décorée suscite en toi une attirance que tu ne peux t'expliquer. Tu t'en approches. Plusieurs bouts de verres colorés d'un rouge vermillon forment les mots : « TA FINAM ES PROCHEM ».

« Ta fin est proche... C'EST LA LANGUE DES SORCIÈRES ! Sans doute pour avertir ou pour effrayer les trouillards », te dis-tu. Mais c'est bien inutile, car avec tout le chemin que tu viens de parcourir et les embûches que tu as dû affronter, ce n'est certes pas maintenant que tu vas abandonner. Décidé, tu entreprends donc de tourner la poignée.

TOURNE LES PAGES DU DESTIN pour savoir si la porte est verrouillée.

Si elle est verrouillée, rends-toi au numéro 48.
Si elle s'ouvre, retrouve-toi au numéro 67.

C'est avec grand soulagement que tu ouvres la porte. Tu traverses le seuil : aussitôt, elle se referme d'elle-même. Tu tentes de tourner la poignée, mais elle est désormais verrouillée. « Elles ont toutes la même manie, ces portes », grognes-tu maintenant dans l'obscurité.

Tu marches lentement puisque tu n'y vois rien. Des toiles d'araignées se collent à ton visage. « YARK ! » Tu les enlèves, dégoûté.

Un peu plus loin, une fenêtre laisse pénétrer une faible lueur. Tu t'en approches pour te baigner dans la clarté rassurante de la lune. À l'extérieur, c'est tout un spectacle qui s'offre à toi ! Le cimetière, les marais, le laboratoire et... JEAN-CHRISTOPHE !

« JEAN-CHRISTOPHE !!! Mais qu'est-ce qu'il fait ici ? te demandes-tu, très surpris. Comment a-t-il fait pour entrer dans le domaine ? »

Tandis que tu le suis des yeux, un bruit se fait entendre : **KLOMP !** Nul doute qu'il y a quelque chose avec toi ici, dans la même pièce. Sans doute un autre de ces monstres. Une grosse bouffée de chaleur te monte à la tête. Figé par la peur, tu jettes à nouveau un coup d'oeil à la fenêtre. Jean-Christophe longe le manoir ; il cherche sans doute lui aussi une façon d'y entrer.

Tout à coup, ton visage s'étire de frayeur. Caché dans l'ombre d'un arbre, une bête mi-homme mi-loup attend pour se jeter sur lui... UN LOUP-GAROU !

Maintenant tu fais face à un sérieux dilemme :

Si tu veux prévenir Jean-Christophe de la présence du loup-garou et, par le fait même, avertir le monstre qui se trouve près de toi de ta présence, va au numéro 62.

Si, par contre, pour éviter l'affrontement avec le monstre, tu demeures muet et laisses Jean-Christophe faire face au loup-garou (après tout, c'est un TÉMÉRAIRE DE L'HORREUR), rends-toi au numéro 34.

42

Droit devant toi surgit la créature... UN CERBÈRE ! Un des chiens à trois têtes qui gardent habituellement les portes de l'enfer. Mais malheureusement pour toi, il est ce soir le vigile de la sorcière Frénégonde. Ce cabot-mutant peut d'une seule morsure couper court à ton aventure.

Immobile, il te fixe de ses yeux étincelants et t'observe en fouettant l'air de sa queue écailleuse. « La peste soit de ce foutu loup-garou, songes-tu ; c'est à cause de lui que je suis pris dans une si fâcheuse posture. » Après quelques longues secondes et à ta grande stupeur, le chien à tête triple fait demi-tour et s'éloigne en disparaissant dans l'obscurité. Ton coeur bat si fort que tu as l'impression qu'il va sortir de ta poitrine.

À ce moment, le courant d'air créé par le carreau de la fenêtre que tu as brisé fait ouvrir une porte à l'autre bout de la pièce : **CRIII-I-I-IH !** Un filet de lumière t'invite à en passer le seuil pour fuir. En filant vers cette sortie, tu sens tout à coup que le cerbère est revenu et te suit.

Saisi de panique, tu te diriges au plus vite vers la porte. Tu es sur le point de la fermer lorsque le cerbère passe une de ses trois têtes monstrueuses dans l'ouverture : *GRRRRRRR !*

En tenant bien fort la poignée, tu lui fais la guerre. Tout en évitant de te faire mordre, tu réussis finalement à fermer la porte.

Serrant ton poing en signe de victoire, tu pars en direction du numéro 80.

Tu soulèves le loquet de métal : **CLIC !** La lourde porte s'ouvre en déchirant les tapisseries de lichen rêche qui la recouvrent en partie. Quelques sales bestioles apeurées se faufilent et disparaissent entre les dalles de marbre qui recouvrent le sol.

« Plantes carnivores, plantes carnivores, mon oeil ! murmures-tu en entrant dans le jardin. Je ne crains pas ces plantes meurtrières, j'en ai déjà vues lors d'une sortie d'école au jardin botanique de la ville, et elles sont minuscules. Elles ne mesurent pas plus de 15 cm et elles ne mangent (OUARK !) que des mouches... »

Tu jettes un coup d'oeil aux alentours. Les mauvaises herbes poussent de partout. Ou plutôt « les mauvais arbres », car les plantes ici semblent gigantesques. « Ce n'est pas un jardin, ça, t'exclames-tu, exaspéré, C'EST UNE JUNGLE ! »

Pour avancer, tu dois contourner des troncs géants et te glisser entre le feuillage moite des arbres.

« Pas moyen de savoir si je suis dans la bonne direction, je ne vois A-B-S-O-L-U-M-E-N-T rien », grognes-tu.

Cherchant longuement dans ce terrifiant jardin, tu finis par trouver un sentier. Du côté gauche, le chemin semble aboutir à une curieuse plantation et du côté droit, il s'assombrit et ne te laisse guère entrevoir où il débouche...

Si tu veux t'en aller vers la gauche, du côté des plantes « bizarroïdes », rends-toi au numéro 27.

Si, par contre, c'est le sentier obscur qui chatouille ta curiosité, risque le tout pour le tout et tourne vers la droite en te rendant au numéro 51.

Après une longue marche dans les dédales de la forêt, tu entrevois finalement, entre les arbres tordus et desséchés, les pierres tombales du cimetière.

Hostile et lugubre, il a été aménagé dans une large clairière dans le coin le plus retiré du domaine.

Tu fais quelques pas en avant, puis (WOUPS !) tu arrêtes de bouger lorsque tes yeux tombent sur une silhouette errant entre les sépultures. Malgré les ténèbres, tu peux facilement distinguer cette créature d'allure morbide. L'odeur de son corps putréfié te monte au nez et te donne la nausée : « BEURK, UN MORT-VIVANT ! » Ce zombi est sans doute un monstre à la solde de la sorcière Frénégonde.

Affolé, tu recules d'un pas. Mais trop tard, son regard bleu et glacial a décelé ta présence : IL AVANCE VERS TOI...

Pour savoir si cette horrifiante créature va t'attraper, TOURNE LES PAGES DU DESTIN.

S'il t'attrape, rends-toi au numéro 26.
S'il ne t'attrape pas, fuis jusqu'au numéro 20.

45

BIII-I-IP, BIII-I-IP ! La sonnerie de ta montre résonne soudain, brisant le silence macabre du marais. Tu appuies aussitôt sur le petit bouton pour la faire taire. Tu jettes un regard à l'afficheur qui brille faiblement. Il est déjà 22 h...

Plusieurs de ces arbres tortueux, d'allure sinistre, sont par endroits rongés par la moisissure. Tu devras donc passer d'un arbre à l'autre en prenant bien soin de choisir les plus solides, car une seule fausse manoeuvre et **FLAC !** tu couleras à pic dans le sol vaseux du marais.

Doucement, avec d'infinies précautions, tu grimpes au premier. À ta grande surprise, tu te rends assez facilement à sa cime. Là, avec l'aide des branches, tu passes au deuxième arbre, et puis au troisième... « Ça va, te rassures-tu, j'aperçois déjà la rive. »

Pendant que tu évolues d'un arbre à l'autre, une mystérieuse nageoire sillonne le marais et coupe la surface calme de l'eau. Tu t'arrêtes. « Mais qu'est-ce que c'est que ça ? te demandes-tu. Je n'aime pas cela du tout », ajoutes-tu tandis que la nageoire s'arrête, curieusement, JUSTE AU PIED DE L'AR-BRE SUR LEQUEL TU ES JUCHÉ !

Lorsque tu auras fini de frissonner de peur, rends-toi au numéro 56.

Le chiffre 8 est écrit plus gros que le chiffre 14, qui est en même temps un nombre supérieur à 8. Il n'y a donc pas de bonne réponse et pas de mauvaise. « Cette énigme est une sorte de... PARA-DOXE ! » constates-tu tout à coup.

« Il n'y a qu'une façon de le savoir », te dis-tu en abaissant le levier de gauche du côté du chiffre 8. **SHRRRRRRRR !**

Espérant que la question fasse référence à la grosseur du chiffre, tu recules de quelques pas afin d'être prêt à déguerpir s'il le faut. Fronçant les sourcils, tu surveilles attentivement le marais toujours calme. Après quelques longues minutes d'attente, une sinistre embarcation, enveloppée de brume, apparaît soudain au loin.

La barque glisse lentement et brise la surface miroitante du marais. À son bord, une étrange silhouette voilée de noir frappe l'eau de sa rame et la guide jusqu'au rivage tout près de toi. Ta curiosité l'emporte sur ta peur et te pousse à rester là, immobile. Tu comprends à cet instant que tu as trouvé la bonne réponse et que cette sinistre chaloupe t'emmènera de l'autre côté de la rive. Avec méfiance, tu y mets le pied, l'embarcation bascule légèrement puis s'arrête lorsque tu t'assois.

D'un coup de rame, le curieux personnage fait avancer la chaloupe sur l'eau. Un frisson te traverse le dos lorsque tu t'aperçois que le macabre rameur... N'A PAS DE VISAGE !

Doucement, le mouvement régulier de la rame t'amène jusqu'à l'autre berge, où tu te retrouves enfin au numéro 25. Le manoir de Frénégonde n'est plus bien loin maintenant.

47

« Un peu plus loin... C'est-à-dire, LOIN DU MANOIR.

— Écoute-moi bien, dit-elle, tandis que vous tournez le coin de la ruelle. Tu sais qu'ici, comme dans tous les autres quartiers, il y a des choses qu'il ne faut absolument pas faire ou des paroles qu'il faut à tout prix éviter de prononcer. Des trucs tabous quoi ! Et ce quartier ne fait pas exception. Non monsieur, ce n'est pas les histoires de fantômes qui manquent dans le quartier OUTREMONS-TRE. Tu peux en parler aux Téméraires de l'horreur.

— AUX TÉMÉRAIRES DE L'HORREUR ? répètes-tu.

— OUI ! Si par malheur, ta chambre est hantée par des fantômes ou que tu as maille à partir avec un voisin vampire et que la police ne peut rien y faire, eh bien tu peux appeler Jean-Christophe et Marjorie : ce sont les téméraires de l'horreur. Ensemble, ils ont vécu des aventures si horrifiantes qu'elles auraient fait dresser les cheveux sur la tête de n'importe qui, même d'une personne chauve, précise Annick avec un sourire forcé.

— Je connais Jean-Christophe, l'informes-tu, il est dans la même classe que moi...

— Oui, c'est bien lui, poursuit-elle ; je n'oublierai jamais la fois où toute notre classe s'était fait piéger par d'horribles zombis pendant une excursion de camping organisée par l'école. Un soir de pleine lune, ces monstres qui venaient sans doute de la Vallée de la mort nous avaient surpris autour du feu de camp. C'est alors que Jean-Christophe et Marjorie nous avaient sortis de ce mauvais pas en les persuadant de jouer à un jeu " très très " amusant, qu'ils leur avaient dit : au « CERVEAU MUSICAL ». Ça se joue un peu à la façon de la chaise musicale, sauf qu'à la place des chaises, ON CHANGE DE CERVEAU ! Les zombis en ont perdu la tête...

— Et le manoir, lui demandes-tu, pourquoi s'est-il soudainement enveloppé de ce curieux brouillard lorsque j'ai dit que j'habitais sur la rue Latrouille ?

— Je vois que personne ne t'a prévenu. Le manoir Raidemort est la source d'une terrifiante malédiction qui frappe tout le voisinage. Tout a commencé il y a plusieurs années, lorsqu'une vieille dame nommée Clarisse Frénégonde en a fait l'acquisition. Par la suite, une foule d'étranges événements s'y sont produits. Entre autres, toutes les personnes qui habitaient les maisons de la rue

Latrouille sont disparues l'une après l'autre sans laisser de traces.

L'agent immobilier aurait dû vous prévenir, poursuit-elle ; pour tes parents, cette maison était sans doute une aubaine trop alléchante. Ils l'ont achetée sans savoir qu'elle cachait un terrible secret : UNE MALÉDICTION ! Eh oui, et la responsable de cette malédiction serait en vérité... UNE SORCIÈRE MALVEILLANTE versée dans la magie noire, conclut-elle.

— Je sens que je vais faire des cauchemars cette nuit en pensant à ton histoire, marmonnes-tu.

— Partons ! Il se fait tard », s'empresse d'ajouter Annick.

Oui, partez jusqu'au numéro 36.

La porte de vitrail est malheureusement verrouillée. Tu tournes la poignée dans un sens puis dans l'autre : rien à faire.

Tu t'approches du vitrail pour essayer de voir ce qu'il y a de l'autre côté, mais le verre fortement coloré ne te laisse rien entrevoir. Déçu, tu te diriges vers l'autre porte tout près d'un large buffet de chêne. Chacun de tes pas soulève un nuage de poussière.

C'est sans doute la porte qui donne vers le sous-sol. Tout le long du trajet, tu espères qu'elle ne soit pas verrouillée. Tente ta chance avec LES PAGES DU DESTIN.

Si elle n'est pas verrouillée, retrouve-toi vite au numéro 73.

Par contre, si les pages du destin ont déterminé qu'elle était fermée à clé, va au numéro 53.

49

Le baril de bois servant de poubelle s'agite en tous sens. Une de ces horribles créatures poilues et pleines de boutons bondit d'un coup hors du baril.

« BEU-U-U-U-RK ! », laisses tu échapper. Ce monstre, de la taille d'un chat, ressemble à un gros ver de terre plein de poils avec une tête de poisson.

Tu dois à tout prix éviter une confrontation, car un simple toucher de ses pustules dégoulinantes d'acide pourrait avoir de graves conséquences.

GRRRRRRRRRR ! GRRRRR ! grogne l'immonde bête en roulant vers toi, toute recroquevillée sur elle-même.

Tu es pris dans une bien fâcheuse position. Tu as malgré tout deux solutions, mais tu dois agir vite : sauter sur la table qui se trouve tout près pour te mettre le plus rapidement possible hors de sa portée, ou tenter de te rendre jusqu'à la grande armoire pour t'y cacher en espérant qu'elle finisse par s'en aller.

Pour sauter sur la table, rendstoi au numéro 57.
Si tu veux essayer de te cacher dans l'armoire, va au numéro 63. C'est peut-être risqué, mais...

Tu regardes d'un air ironique par dessus ton épaule les mains gesticuler inutilement. Tu leur fais une grimace moqueuse.

Après cette dure épreuve, tu te retrouves encore devant une porte. Tu souhaites de tout coeur qu'elle soit déverrouillée sinon ce macabre couloir sera ton tombeau, où tu pourriras à jamais. Oui, car personne ne sait que tu es ici...

Va vite voir au numéro 41.

Malheureusement, tu te retrouves prisonnier dans les profondeurs d'un intrigant couloir. Les haies d'environ deux mètres de haut t'empêchent de voir où tu vas.

Tu arrives enfin à un carrefour. Dans le corridor de droite, tu remarques par terre les restes décharnés d'un animal maintenant à l'état de carcasse. Pris de dégoût, tu empruntes machinalement celui de gauche. Quelques mètres plus loin, tu passes dans un embranchement qui s'ouvre vers le sud. Tout droit, le chemin se divise en deux. Tu prends celui qui semble aboutir sur un autre carrefour. « AH NON ! DITES-MOI QUE JE RÊVE ! », cries-tu en apercevant encore une fois le squelette de l'animal. « Je suis prisonnier dans un foutu labyrinthe ! »

Non ! personne n'est jamais sorti vivant de ce labyrinthe dans lequel tu te trouves maintenant. On raconte même que seul le vent réussit à y trouver son chemin, transportant avec lui les plaintes déchirantes des âmes perdues.

« Du calme, il ne faut pas que je m'affole. Pour ne pas errer inutilement, je dois y aller de façon méthodique», te raisonnes-tu en continuant à marcher. « Oui, je dois trouver avant tout un point de repère. UN POINT DE REPÈRE ? Il n'y a rien d'autre que des haies et la lune ici. OUI, LA LUNE ! C'est un bon point de repère, ça. Elle est pour l'instant à ma droite. Donc, si je me déplace dans le dédale du labyrinthe en m'assurant qu'elle demeure toujours de ce côté, je pourrais éviter de tourner en rond et finir par sortir de cet inextricable labyrinthe. »

Tu te mets donc à te promener d'un couloir à l'autre en veillant bien sûr à avoir toujours la lune à ta droite jusqu'à ce que, après seulement quelques minutes de marche tu aperçoives... LA SORTIE !

« FIOU ! ma méthode a fonctionné... Merci, madame la lune ! » lances-tu vers le ciel tandis que les murs de haies s'écartent peu à peu et t'ouvrent la voie par laquelle tu pourras te rendre au numéro 25, tout près du manoir Raidemort.

« Mais qu'est-ce que c'est que cet endroit ? te demandes-tu, l'air soucieux. Les appareils meublant cette pièce datent certainement d'une autre époque. Oui ! Je me rappelle maintenant avoir vu ces instruments dans un livre d'histoire. C'EST UNE CHAMBRE DE TORTURE ! »

Dans un coin, quelques squelettes semblent te fixer de leurs orbites vides. D'un amoncellement de guenilles, un rat surgit et court rapidement le long du mur pour finalement s'engouffrer dans un petit corridor.

Une main appuyée sur la paroi et la tête baissée pour ne pas heurter le plafond, tu t'y diriges. La lueur dansante des chandelles éclaire maintenant l'entrée d'une grande salle où se trouvent plusieurs cachots étroits et sombres. D'un mouvement circulaire, tu balaies chaque cellule à l'aide de la lueur du chandelier. À la troisième salle, toujours rien..., mais dans la suivante, sur le mur de gauche, quelque chose est gravé dans la pierre. Un message... non! Tu dirais plutôt un avertissement : « Partez ! Car la mort sera au rendez-vous... »

Le scintillement d'un minuscule objet posé par terre te tire de ta réflexion. Tu t'en approches. On dirait un petit bijou. Tu le prends entre le pouce et l'index pour l'approcher de la lumière. « OH NON ! cries-tu. C'EST LA BOUCLE D'OREILLE DE MAMAN... »

Serrant les dents de colère, le bijou caché dans ton poing, tu retournes d'un pas résolu jusqu'au grand hall tout près de la cuisine, au numéro 69.

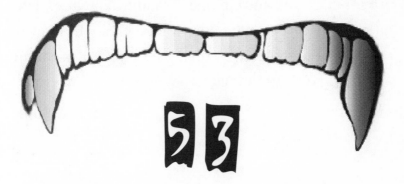

53

« Pas de chance ! » te dis-tu, un peu déçu.

Tu jettes un regard à la fenêtre tout près. Dehors, le vent gémit sans relâche et soulève l'épaisse toison de l'énorme chat noir qui joue à l'acrobate sur le rebord de la fenêtre.

AH ! Mais qu'il est grooos ce chat... Ce n'est pas étonnant : avec tous ces rats, il ne souffrira jamais de famine.

En te dirigeant vers le grand escalier, tu remarques que le miroir devant toi ne te renvoie pas ton image. POURQUOI ? Tu t'approches...

CLOC ! Ton pied percute quelque chose.

Catastrophe ! C'est un piège... Une section du mur pivote rapidement, et tu te retrouves bien malgré toi dans une autre pièce. Tranquillement et dans un concert de craquements, le plancher glisse et se retire. Quelques mètres plus bas, une multitude de pieux acérés attendent ta chute. Dans quelques secondes celle-ci sera... INÉVITABLE !

En soulevant une jambe pour te glisser dans le baril, tu penses à ce que ta mère te disait lorsque tu rentrais à la maison les espadrilles couvertes de boue : « MAIS REGARDE DONC OÙ TU METS LES PIEDS ! »... Tu t'arrêtes sec !

Sage décision, car ce baril où tu voulais te cacher est en fait... UN NID qui contient les oeufs prêts à éclore de ce couple de petits monstres répugnants. Si tu avais mis le pied à l'intérieur, tu aurais vu qu'il y a une horrible différence entre « marcher sur des oeufs » et « marcher sur des oeufs de monstres »...

Maintenant, tu n'as plus le choix : à l'autre bout de la cuisine se trouve la seule armoire assez grande pour que tu puisses te cacher. Sans attendre, tu mets le pied sur la chaise pour ensuite sauter sur la table qui se brise malheureusement sous ton poids : **CRAAAC !**

Tu te retrouves sur le plancher face contre terre, dans un boucan de tous les diables. **BROOUUMM ! CRAAAC !** Pas le temps de crier ta douleur, car ces petits monstres se ruent furieusement vers toi : *GRRRRRR !*

TU ES PRIS !

Eh bien ! On dirait que ta chance de sauver le quartier de la malédiction et de devenir un héros est arrivée à sa...

FIN

Tu abaisses le levier de droite, correspondant au chiffre 14. « Mais est-ce bien la bonne réponse ? » te demandes-tu nerveusement. Tout le monde sait fort bien que, numériquement, le chiffre 14 est plus grand que le chiffre 8. Mais sur la pierre de l'énigme, le 8 est écrit plus gros que le 14. C'est une sorte de paradoxe, car la bonne réponse est soit 8 par sa proportion, soit 14, qui est plus élevé.

Pendant que tu essaies de trouver une solution logique à cette énigme, la pierre se met subitement... à bouger ! **VRRR ! VRRRR ! VRRRRR !** Et aussi à s'enfoncer dans le sol jusqu'à disparaître dans un sifflement terrible.

SHH-I-I-I-I-I-I !

Une odeur très bizarre te monte aux narines. BEUH ! Tu grimaces en la respirant. Ça sent presque aussi mauvais que le bouilli de la cafétéria de l'école », songes-tu en regardant de façon bien téméraire dans le trou béant laissé par la pierre.

À l'instant où tu te mets à penser que « CE » trou pourrait être « LE » passage pour te rendre jusqu'au manoir Raidemort, un très mystérieux nuage bleuté, d'allure spectrale, apparaît devant toi. Peu à peu, les traits d'un répugnant visage fantomatique se dessinent et un horrible rire hystérique retentit.

HIIIIII ! HIIIII ! HIIIII !

Le fantôme, maintenant devenu luminescent, ondule et s'approche de toi pour t'agripper afin de t'emporter dans les tréfonds d'un endroit inconnu de tous...

FIN

56

Soudain, une gigantesque colonne d'eau s'élève **SLOOUUUCH !** et une repoussante créature mutante mi-homme mi-poisson en sort impétueusement, sous ton regard horrifié. La lueur gourmande de ses yeux trahit bien ses intentions. Ton sang se glace dans tes veines.

Le vent qui fait frissonner les branches te sort de ta torpeur. « Je suis trop haut pour qu'il puisse m'atteindre », constates-tu avec soulagement. D'une enjambée, tu te jettes vers un autre arbre. Le monstre du marais rugit et plonge dans l'eau pour en ressortir quelques secondes plus tard, juste en-dessous de toi, en poussant un gémissement presque humain.

Le rivage est tout près mais, comble de malchance, l'arbre qui donne accès à la rive est hors d'atteinte. Tu essaies tout de même d'attraper ses branches du bout des doigts, mais elles sont juste un... petit... peu... trop... loin... Tu regardes le monstre qui t'épie avec ses yeux injectés de sang. Tu penses tout à coup qu'il ne faudrait pas que tu tombes, car une chute te serait fatale. « Il faut que je trouve une solution coûte que coûte. »

Il te vient alors une idée plutôt audacieuse, que tu exécutes sur-le-champ sans même avoir évalué le risque. Ainsi, tu t'élances aussitôt dans les airs et, avec l'agilité d'un équilibriste, tu poses le pied sur la tête du monstre. En te servant de lui comme tremplin, tu attrapes la branche de l'arbre, qui était tantôt inaccessible. **BANG !** Tu arrives les pieds joints et bien ancrés sur la terre ferme.

La créature, folle de rage, replonge dans l'eau noirâtre et disparaît, ne laissant derrière elle qu'un tourbillon d'écume.

Ouf ! Maintenant, retrouve-toi au numéro 25, le manoir Raidemort n'est plus très loin.

57

« LA TABLE... Oui ! Voilà une solution rapide pour me mettre hors d'atteinte de cet animal enragé. Rendu là, je pourrai évaluer la situation et prendre la mesure qui s'impose. »

Sans plus attendre, tu poses le pied sur la chaise et, d'un bond, tu sautes sur la table.

Malheureusement elle n'est pas assez solide pour te soutenir. Elle oscille un peu, puis s'affaisse sous ton poids dans un fracas épouvantable.

BROOOUUUM ! BAANG !

Tu te retrouves face contre terre dans la saleté et la poussière qui s'agglutinent au sol. L'horrible bête mutante ouvre alors les mâchoires, et une dégoûtante larve en sort sans crier gare et se jette sur toi.

Pour mieux te coller à la peau, la larve se tortille. Subitement, en s'étirant, elle s'accroche à ton cou. Même si tu serres les dents de toutes tes forces, la larve-parasite réussit à s'infiltrer quand même dans ta bouche et à descendre jusque dans ton estomac. Pour toi, c'est la...

FIN

Malheureusement, la porte principale est verrouillée, t'interdisant l'accès au manoir Raidemort. Et pas question de prévenir la sorcière de ton arrivée, te dis-tu en regardant le butoir de la porte. Tu dois trouver une autre façon discrète d'y entrer.

Tu redescends les marches. L'escalier décrépit fait résonner chacun de tes pas et brise le silence lugubre qui règne. En marchant vers l'arrière, tu déplaces une curieuse brume verte qui semble tourner inlassablement tout autour du manoir. Tu passes au peigne fin chaque fenêtre afin de trouver une issue. Plusieurs chauve-souris, cherchant probablement quelques gros insectes nocturnes à se mettre sous la dent, voltigent près de la corniche : **SWOUP ! SWOUP ! SWOUP !**

Ton regard s'arrête sur le reflet du carreau brisé d'une fenêtre.

À gestes mesurés, tu grimpes par la colonne jusqu'à la gouttière. Là, avec une force que tu ne te connaissais pas, tu te catapultes près de la fenêtre et tu te retrouves bien assis sur la tête d'une gargouille. De sa bouche dentelée s'écoule une eau glauque qui empoisonnerait quiconque oserait en boire.

« Il ne semble y avoir personne ! » constates-tu. Avec précaution, tu te passes la main, puis ensuite le bras à travers la vitre fracassée, à l'apparence d'une gueule immonde. Avec l'index, tu soulèves doucement le loquet pour ouvrir la fenêtre. Sans perdre une minute, tu entres dans la pièce. Les odeurs nauséabondes ne te laissent aucun doute... TU ES DANS LES ENTRAILLES DU MANOIR RAIDEMORT.

Au numéro 67 se trouve la suite de ton aventure.

« C'est agaçant à la fin, toutes ces portes verrouillées », te dis-tu en retournant sur tes pas.

Dans la partie sombre du couloir, quelques souris se disputent une maigre pitance. Un peu plus loin, les marches craquelées de l'escalier réapparaissent. Pendant que tu les gravis, un bruit sourd de chaînes frottant sur le sol de roche résonne sur les parois humides du donjon. **CLING-CLI-I-ING CLING CLINGG !**

Anxieux, tu lèves les yeux vers le passage, sans toutefois entrevoir l'origine de ce bruit. « Ça me paraît dangereux, cette histoire-là ! » chuchotes-tu au moment où tu aperçois une échelle de corde à droite de l'escalier, que tu n'avais même pas vue plus tôt. Tu hésites...

Tu peux continuer par l'escalier et revenir dans le grand hall, tout près de la cuisine, en te rendant au numéro 69.

Si, par contre, tu crois que l'échelle de corde pourrait satisfaire la curiosité qui te tenaille, rends-toi au numéro 39.

60

C'est dommage, il est verrouillé, et la clé ne semble se trouver nulle part sur le pupitre.

Confortablement assis, tu fais pivoter d'un coup de pied le fauteuil qui effectue un tour complet pour s'arrêter face à cette inquiétante table d'opération. Soudainement, la vue des chaînes et des cadenas t'éclaire l'esprit. Il n'y a aucun doute, Frénégonde la sorcière se sert de tous ces instruments pour ses expériences diaboliques. Il est clair que chacune des personnes disparues est passée par ici ; mais à quelle fin ?

Oui, cette pièce même est la source de la troublante malédiction qui frappe le quartier Outremonstre.

Tu échappes à cette sombre pensée en regardant le grimoire posé sur le pupitre. L'étonnante couverture de cuir rouge sang, ciselée de signes mystérieux, semble attendre impatiemment un lecteur. Il se pourrait que le livre contienne quelques indications qui t'aideraient à trouver ta mère.

Pour le savoir, rends-toi au numéro 10.

61

Tu fais actuellement face à deux portes.

Sur la première, il est écrit : « ENTREZ ET VOUS NE RESSORTIREZ JAMAIS PLUS. »

Sur la deuxième : « VOUS CONNAÎTREZ LA PEUR. »

« Quel accueil ! » te dis-tu.

Au même moment, la dernière des trois chandelles s'éteint. C'est peut-être un signe ou un avertissement. Au point où tu es rendu, ça ne te dérange plus tellement. Tu déposes alors le chandelier par terre.

Tu choisis la deuxième porte. Un peu de courage ! Tu saisis donc la poignée. Est-elle verrouillée ?

Pour le savoir, TOURNE LES PAGES DU DESTIN.

Si elle s'ouvre, va directement au numéro 41.

Si elle est verrouillée, tu devras passer malgré toi par la première porte. Rends-toi au numéro 79.

62

« C'est trop horrible ! Je ne peux pas laisser Jean-Christophe tomber dans les griffes de ce monstre sanguinaire », songes-tu.

Sans plus penser à la créature qui se cache dans le noir tout près de toi, tu brises le carreau de la fenêtre **CRAC !** d'un solide coup de coude. Saisi par le bruit, Jean-Christophe s'arrête net et en cherche du regard la provenance.

« JEAAAN-CHRIIISTOOOPHE ! hurles-tu par le trou. IL Y A UN LOUP-GAROU CACHÉ JUSTE EN ARRIÈRE DU MANOIR. IL EST TOUT PRÈS DU COIN, ENTRE L'ARBRE ET LE MUR, LÀ-BAS ! » ajoutes-tu en sortant le bras par la fenêtre pour lui indiquer l'endroit exact.

Surpris de voir que tu es dans l'antre même de la sorcière, Jean-Christophe te fait un signe de la main pour te répondre qu'il a compris le message. Il se met à marcher à reculons, s'éloignant de la menace qui l'aurait sans doute terrassé.

« Ouf ! » soupires-tu en regardant le loup-garou, toujours à son poste de guet. Parfait ! Ton ami est hors de danger pour l'instant..., mais toi ? As-tu oublié le monstre qui est tapi dans l'ombre ? NON !

Eh bien, ravale ta salive et envisage le pire. Rends-toi au numéro 42.

L'armoire te semble bien loin. « Je n'aurai peut-être pas le temps de m'y rendre, te dis-tu, avec tous ces rebuts qui jonchent le sol, je pourrais trébucher. » Mais tu n'as plus le choix, tu dois tenter le coup.

Tu sautes par-dessus quelques boîtes de carton entassées sur le plancher, mais tu te prends malencontreusement le pied dans l'une d'elles **FRAAAAK !** et reste coincé.

Comble d'infortune, tu tombes violemment sur le plancher. **BANG !** Étendu de tout ton long, le visage dans les détritus, tu lèves la tête pour crier ta douleur, mais ton cri s'étouffe dans ta gorge lorsque tu aperçois l'armoire tout près de toi.

D'un coup de pied sec et précis, tu ouvres la porte de l'armoire et tu y entres rapidement pour te mettre à l'abri. Assis dans la poussière et couvert de toiles d'araignées, tu es maintenant sain et sauf.

Tu te retrouves désormais au numéro 75, à l'intérieur de l'armoire.

64

Cette pierre semble promettre à qui peut résoudre l'énigme une traversée sans encombre du marais. Oui, mais elle ne mentionne rien de ce qui va se passer en cas de MAUVAISE RÉPONSE. Tu deviens tout à coup hésitant. Je devrais peut-être retourner en arrière et tenter de traverser le marais en sautant d'un arbre à l'autre.

Mais cette pierre tout en granit qui se dresse devant toi est trop invitante. « Je tente ma chance malgré tout », te dis-tu, confiant de réussir.

L'énigme se lit comme suit : « De ces deux chiffres, lequel est le plus grand ? Abaisse le levier correspondant à ton choix. » Du côté du levier de gauche est gravé en gros caractère le chiffre « 8 », et du côté du levier de droite est gravé le chiffre « 14 », en petits caractères.

Si tu choisis le « 8 », abaisse le levier de gauche et rends-toi ensuite au numéro 46.

Si tu penses que le « 14 » est la bonne réponse, retrouve-toi au numéro 55.

65

La sorcière Frénégonde a prévu la manoeuvre. Son rire strident se transforme en cri tandis qu'elle se jette aussitôt devant la marmite pour la protéger.

RHIIIIIIIII !

Les lambeaux de sa robe noire fendent l'air et soulèvent la poussière de la cendre qui s'accumulait tout près du feu.

Jean-Christophe, qui se dirigeait vers la marmite, s'arrête juste devant elle. OH ! QUELLE BÉVUE ! D'un geste sec, la sorcière l'attrape par le bras. Sorti de sa torpeur et poussé par l'énergie du désespoir, il se débat, mais en vain. Malgré son âge avancé, Frénégonde semble douée d'une force surnaturelle.

Tu ouvres la bouche pour crier, mais tes paroles se perdent dans ta gorge. Surexcité, tu ne sais pas quel parti prendre : lui venir en aide ou essayer de renverser la marmite ?

« LA MARMITE !... RENVERSE LA MARMITE ! » te crie Jean-Christophe, effrayé.

QUE VAS-TU FAIRE ?

Si tu veux lui venir en aide, rends-toi au numéro 68.
Si tu désires suivre son conseil et renverser la marmite, va au numéro 76.

66

Tu pousses la porte battante qui mène à la cuisine.

Tes yeux ne voient pas la sorcière, mais ton nez, par contre, flaire une odeur indescriptible qui émane d'un chaudron posé sur le poêle à bois. De plus, tu remarques tout près, sur une petite table, divers ingrédients pouvant servir à des envoûtements de magie noire : des ongles de zombis, des dents de crocodile broyées, quelques chauve-souris bouillies, une bouteille contenant du sang de crapaud. « YARK ! fais-tu. Je ne crois pas rester ici jusqu'au petit déjeuner. »

Du vieux réfrigérateur, demeuré entrouvert, surgissent tout à coup quelques souris blanches. Alentour, rien ne te paraît intéressant.

Dans un coin, tu remarques un baril de bois. Tu t'en approches et soulèves un peu le couvercle. Mais comme tu ne vois rien, tu l'enlèves complètement afin que la lumière y entre. Tout au fond, quelque chose se tortille...

Éberlué, tu entrevois les silhouettes d'animaux étranges. Tapies dans l'ombre, elles attendaient justement que quelqu'un retire le couvercle pour bondir hors du baril. Combien de ces créatures en sortiront ?

Pour savoir combien de créatures tu devras affronter, TOURNE LES PAGES DU DESTIN.

Si seulement une réussit à sortir, rends-toi vite au numéro 49.
Si deux créatures bondissent hors du baril, saute vite au numéro 70.

67

Tu prends le chandelier en vermeil placé sur une vieille table d'acajou tout près de la fenêtre. Tu grattes plusieurs allumettes avant d'en trouver finalement une qui consent à s'enflammer. Les trois chandelles enfouies sous des gouttelettes de cire durcie éclairent enfin ce vaste et mystérieux salon. Des filets d'eau s'écoulent de la haute voûte du salon traversée par des ribambelles de toiles d'araignées.

Ici, on dirait que la poussière s'accumule depuis des siècles. Des miasmes putrides s'évaporent d'un encensoir posé sur un coffre rustique garni de cuir clouté. Tu t'approches. Il contient des organes et des viscères d'animaux.

« POUAH ! » Dégoûté, tu tournes les talons...

Dans la cheminée, les braises sont encore rouges. La sorcière était ici, dans cette pièce, il y a de cela pas très longtemps. Sur le mur, juste au dessus du manteau de la cheminée, se trouve un terrifiant tableau. C'est le portrait d'une vieille femme laide et bizarrement accoutrée au regard... PRESQUE RÉEL !

Le plancher de bois entonne un concert de craquements tandis que tu t'approches d'une immense étagère couverte de livres, placée contre le mur. *Le Catalogue des marmites, Comment vendre son âme au marché aux puces de Satan*... Tu glisses les yeux d'un titre à l'autre quand un craquement se fait entendre et te fige sur place...

Retourne-toi, VITE !

Si tu crois que ça provient de la porte en vitrail, retourne-toi vers le numéro 30.

Si ton doute se porte sur le tableau au dessus de la cheminée, regarde vite au numéro 78.

«LÂCHE-LE ! » réussis-tu finalement à crier en empoignant Jean-Christophe par le chandail. Tu tires et tu tires, mais sans succès. Cette démoniaque sorcière le retient toujours entre ses doigts crochus en riant à gorge déployée, « HIR ! HIR ! HIR ! HIR ! HIR ! » Son rire est si répugnant qu'il te glace le sang.

Lentement, lourdement, elle tend son long bras vers toi et se met à réciter une formule de son recueil de sorcellerie...

« AGOUTRA KIZAAAA ! »

Cette parole est bien plus qu'une banale incantation, car de la marmite surgissent aussitôt plusieurs silhouettes d'allure spectrale qui se mettent à tourner de plus en plus rapidement autour de toi. Tu te sens brusquement soulevé par ce tourbillon de fantômes.

OU-U-U-U-U-U-U-U !

Tu tournes et tu tournes pendant que les autres créatures de la nuit, les morts-vivants, le loup-garou et le valet fantôme se joignent à la sorcière pour assister à ta transformation. Tu sens ton corps disparaître graduellement et se changer en une fumée écarlate. Tu es désormais métamorphosé en spectre par le rituel maléfique de la sorcière. Tu te sens aspiré peu à peu par le contenu de la marmite où ton corps, devenu esprit, s'engouffre et rejoint toutes les autres victimes de ce livre : *Perdu dans le manoir Raidemort.*

Maintenant il ne te reste qu'une seule chose à faire : CRIER !

FIN

69

VOILÀ LA CUISINE ! Peut-être vas-tu surprendre la sorcière en train d'y concocter une de ses potions infectes et malodorantes, alors... ATTENTION !

Plus tu t'approches et plus les effluves de mixtures corrompues se font sentir. Mais avant même d'avoir eu le temps d'y entrer, tu vois les portes battantes s'ouvrir brusquement. Un étrange valet, vêtu d'une veste de velours verte, apparaît subitement et marche vers toi. Sidéré, tu peux à peine bouger.

Il passe tout près de toi sans même te regarder. Ses yeux sans vie semblent perdus dans le néant.

« Ex... Excusezmoi », bégaies-tu.

Le valet poursuit son chemin sans même se retourner.

Si tu désires le suivre, question de savoir où il va, rends-toi au numéro 28.

Si tu préfères poursuivre ta route, entre immédiatement dans la cuisine en passant par le numéro 66.

Le baril servant de poubelle s'agite en tous sens. Deux horribles créatures en ressortent. Tes yeux s'écarquillent d'effroi. « Quelle horreur ! » te dis-tu. Ces monstres, de la taille d'un chat, ressemblent à des vers de terre avec une tête de poisson.

BEURK ! Après avoir vu ces deux monstres écailleux, tu ne pourras plus jamais manger les bâtonnets de poisson qu'on sert à la cafétéria de l'école.

De leur bouche béante sort un grognement caverneux : *GROOOOOOM !* Leurs redoutables dents peuvent déchiqueter à peu près n'importe quoi et te mettre en pièces le temps que tu dises BOUILLABAISSE.

Il te faut à tout prix éviter la confrontation, car un simple toucher de ces êtres immondes pourrait t'attirer de graves ennuis, peut-être même t'empoisonner. Tu n'as pas le choix... TU DOIS FUIR !

Deux solutions s'offrent à toi :

Tu peux tenter de te rendre rapidement jusqu'à l'armoire pour te cacher jusqu'à ce qu'ils disparaissent ; mais en auras-tu le temps ? Si tu penses que oui, rends-toi au numéro 63.

Ou, tout simplement, cache-toi dans le baril qui est tout près de toi au numéro 54.

71

Hélas ! Tu te retrouves encore une fois au début du corridor. Malgré tes réflexes bien aiguisés, ces horribles mains semblent trop rapides pour toi. Mais tu ne te laisses pas décourager. Tu essaies donc de nouveau courageusement de franchir le couloir, plusieurs fois, sans réussir. Ton inquiétude s'accroît lorsque tu aperçois, par terre, le squelette d'un homme qui n'a de toute évidence pas réussi à se rendre au bout. Devant toi, l'interminable corridor semble t'envoyer en pleine figure le sourire narquois de la sorcière.

Pendant des jours ou des semaines, tu ne le sais plus trop, tu tentes vainement de te rendre au bout. Il faut reconnaître ta destinée fatidique. Tu es prisonnier... POUR L'ÉTERNITÉ !

FIN

72

Vif comme l'éclair, tu t'allonges sur le plancher et tu réussis de justesse à les éviter tous les trois. Maintenant que la voie est libre, tu te mets à courir dans le corridor comme s'il s'agissait d'une course à obstacles. Tout près du but, quatre mains ouvertes attendent et guettent leur proie : TOI ! Tu t'arrêtes net...

Doucement, tu glisses vers la droite afin de les leurrer. Puis, d'un bond rapide, tu culbutes vers la gauche. BIEN JOUÉ ! Ta feinte a fonctionné. Tu te retrouves maintenant au bout du corridor, soulagé d'avoir réussi à le franchir.

Rends-toi au numéro 50.

73

C'est dans un fracas étourdissant qu'elle s'ouvre :
CRIIIIIIIOOUUUUUUUK !

Il n'y a rien de plus terrible que le silence d'un sous-sol. Car tu sais que ce n'est qu'une apparence et que cet endroit regorge d'insectes et d'araignées. C'est aussi le domaine des chauve-souris, des rats et peut-être pire...

Tu descends à tâtons les marches grossièrement taillées dans la pierre jusqu'en bas de l'escalier. Tout près, sur une vieille table en bois, se trouve un chandelier de laiton couvert de toiles d'araignées. Tu grattes plusieurs allumettes avant d'en trouver une qui s'enflamme.

Les trois chandelles éclairent enfin un obscur couloir dans lequel tu vas t'engager. Tu ne trouves pas les mots pour décrire ce que tu vois. En effet, le manoir a sûrement été construit sur les ruines d'un ancien château, car les murs de la cave sont constitués de très vieilles pierres. Sur les parois, l'eau ruisselle et ronge les murs, emportant de temps à autre un des cloportes qui infestent l'endroit. Tel est le spectacle qui s'offre à toi.

Tout au bout du couloir, tu arrives à une immense et solide porte en bois ornée de fer forgé.

Derrière sa petite fenêtre grillagée, tu ne peux entrevoir ce qu'elle te cache : ce sont sans doute d'anciens cachots. Sur la porte, un large cadenas rouillé semble te défier d'entrer.

TOURNE LES PAGES DU DESTIN pour savoir si elle est verrouillée ou non.

Si elle s'ouvre, rends-toi au numéro 52.
Mais si, par contre, elle est verrouillée, va au numéro 59.

74

La créature qui se trouve dans la même pièce que toi ne s'est toujours pas manifestée. Tu n'as pas la moindre idée de ce dont il s'agit. Tu ne peux que sentir son souffle empoisonner l'air que tu respires.

Les yeux plissés, tu scrutes tant bien que mal la noirceur qui t'entoure. Au bout de la pièce, un filet de lumière dessine le contour d'une porte ! « J'ai peut-être une chance de m'en sortir », penses-tu.

Lentement, sans faire le moindre bruit et sur la pointe des pieds, tu trottes vers cette sortie. Mais à peine as-tu fait quelques pas que, droit devant toi, surgit UN CERBÈRE ! Un des chiens à trois têtes qui gardent habituellement les portes de l'enfer. Malheureusement pour toi, ce soir il est le vigile de la sorcière Frénégonde. Ce cabot-mutant peut d'une seule morsure couper court à ton aventure.

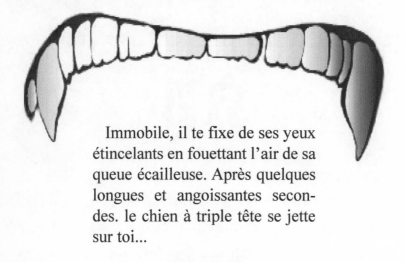

Immobile, il te fixe de ses yeux étincelants en fouettant l'air de sa queue écailleuse. Après quelques longues et angoissantes secondes. le chien à triple tête se jette sur toi...

FIN

75

Dans l'armoire, tu t'aperçois finalement que la partie est loin d'être terminée. Même si tu es persuadé que ta mère est ici dans cette maison, elle te semble à des kilomètres de toi.

Tu essaies de reprendre ton souffle. Après quelques minutes, tu remarques tout à coup un petit loquet de porte situé tout au fond, près du sol. Tu soulèves le loquet métallique qui te permet d'ouvrir une petite porte **SCHLIK !** assez grande quand même pour que tu puisses passer.

En rampant sur quelques mètres dans un couloir exigu, tu trouves une autre porte. Tu l'ouvres. Ce passage secret t'a conduit au pied du grand escalier.

Sors et rends-toi au numéro 84.

76

Le rire strident de la sorcière résonne dans la pièce : « HI-HI-HI-HI-HI-HI ! » Jean-Christophe, toujours pris entre ses griffes, se démène farouchement, mais c'est inutile, elle est trop forte. Tu t'approches rapidement de la marmite. La vapeur bleutée qui s'en dégage semble dessiner des visages qui ondulent jusqu'au plafond. Tout est clair maintenant : la marmite contient les esprits de tous les gens disparus, les victimes de la malédiciton.

D'un violent coup de pied, tu fais basculer la marmite qui se vide de tout son contenu. Enfin libérés de ce potage maléfique, les esprits s'échappent tour à tour du manoir par les lucarnes. Ayant de ce fait perdu tous ses pouvoirs, la sorcière se met brusquement à tourner sur elle-même telle une vrille dans un sifflement si fort que les carreaux des fenêtres volent en éclats.

« ÇA Y EST ! TU AS RÉUSSI ! » te crie Jean-Christophe, qui cherche désespérément à s'accrocher à l'une des gargouilles afin de ne pas être aspiré par les violentes bourrasques.

Et c'est en tourbillonnant comme un cyclone que Frénégonde, la malveillante sorcière, disparaît dans un fracas si assourdissant que les murs du manoir croulent.

« SORTONS D'ICI ! TOUT VA S'EFFONDRER ! » hurle Jean-Christophe qui, d'une seule enjambée, se retrouve près de la porte.

Pour réussir à fuir, vous devez éviter les débris qui tombent du plafond. Vous dévalez l'escalier à toute allure. Juste comme vous arrivez dans le hall d'entrée, l'immense plafonnier de cristal se détache et s'écrase juste devant vos pieds. Vous contournez sans perdre de temps les morceaux de verre brisés et les coulées de cire chaude jusqu'à la sortie, et vous vous retrouvez dehors.

Vous continuez toujours à courir, car le sol tremble et des crevasses se forment sur votre passage. Vous réussissez tout de même à vous rendre jusqu'au trottoir de la rue Latrouille, où vous pouvez enfin reprendre votre souffle. Tu lèves les yeux vers le manoir, qui s'engouffre à tout jamais avec un bruit infernal dans les abîmes enflammés du centre de la terre.

BRRROOOUUUMM ! SSHHHH !

Maintenant, cherche le numéro 88.

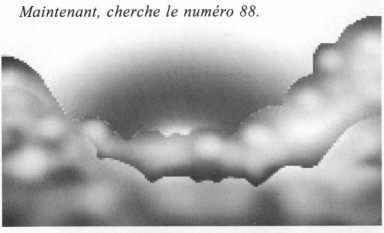

77

Tu te jettes délibérément dans le couloir, en évitant toutefois l'assaut des deux premières mains. Tu te penches par terre, près du mur de gauche, et une autre main te frôle les cheveux. Tu culbutes pour t'étendre de tout ton long sur le plancher. Frénétiquement, une quatrième main s'agite tout près de ton bras, sans toutefois te toucher.

Tu rampes un peu sur le tapis et te relèves ensuite pour sauter par-dessus une autre main qui tente de t'attraper le pied. Soudain, trois mains sortent d'entre les fissures du mur et s'élancent dans ta direction.

Deux possibilités s'offrent à toi, mais tu dois faire très vite, car tu pourrais devoir revenir à ton point de départ.

Si tu désires sauter par-dessus les mains, rends-toi au numéro 6.

Pour t'allonger en espérant les éviter, rends-toi au numéro 72.

78

Le bruit provenait bien du côté de la cheminée, car les yeux de la sinistre vieille femme peinte sur le tableau sont maintenant tournés vers toi... ET T'OBSERVENT !

« QUI EST LÀ ? demandes-tu d'une voix tremblante et teintée de panique. IL EST INUTILE DE VOUS CACHER ! Qui que vous soyez, sortez de derrière le tableau... »

Tes mots se perdent dans la pièce au moment même où les yeux disparaissent du tableau... et réapparaissent tout près de toi. OUI ! Des yeux, sans tête ni corps. Ces yeux dégoûtants sont une sorte de « monstre mouchard » qui, sans aucun doute, préviendra la sorcière Frénégonde de ta présence et de tes intentions. Tu sursautes lorsqu'ils s'engouffrent dans la cheminée, soulevant sur leur passage un nuage de cendre.

Tu n'as plus une seconde à perdre. Tu te diriges, d'un pas décidé, vers ta prochaine étape : la cuisine.

Rends-toi au numéro 69.

79

Tu te rends compte que tu n'as plus le choix : tu
dois passer par la première porte si tu veux toujours sauver ta mère. Il est hors de question de
reculer à présent, surtout que les plus grands périls
sont derrière toi. Tu te diriges vers la première
porte et tu l'ouvres.

Une nuée de chauve-souris réveillées par ton
arrivée s'envolent, tout excitées, dans le couloir
sombre et sans fin qui s'avance devant toi.

FLOP ! **FLOP** ! FLOP ! FLOP !

Tout au long, sur les murs, des bras disposés les
uns à la suite des autres sortent par des fissures et

par des trous pratiqués dans les parois. Tu te rends vite compte du problème auquel tu auras à faire face. Ces mains immondes essaieront de t'attraper tout au long du trajet jusqu'à la fin du couloir... si fin il y a.

Décidé, tu fais un premier pas dans le corridor...

Malgré ton immense peur, rends-toi au numéro 29.

Tu te trouves en ce moment dans une petite salle qu'une force démoniaque semble habiter. Les murs, le plafond et le plancher sont recouverts de symboles de magie noire qui semblent présenter cette lourde porte gothique ciselée d'arabesques, qui s'impose devant toi comme pour te narguer.

Soudain, un crissement se fait entendre : **CRIIII !** Une section du mur pivote sur elle-même...

Ton coeur bat à tout rompre, un passage secret s'est ouvert juste à côté de toi, et une tornade de poussière en sort. D'un pas craintif, tu t'avances...

À ta grande surprise, Jean-Christophe apparaît,

arborant un sourire des plus moqueurs aux lèvres.

« SAPRISTI ! Comment as tu fait pour te rendre jusqu'ici ? Tu ne peux pas savoir à quel point je suis heureux de te voir. Qu'est-ce qu'on fait maintenant ? débites-tu sans lui laisser le temps de répondre.

— Eh bien ! moi qui croyais te trouver emprisonné dans un cachot humide ou envoûté par un sortilège. Je suis tout aussi surpris que toi de te voir, te confie-t-il. Pour te rendre jusqu'ici, tu as fait preuve de bravoure. Mais la partie est loin d'être terminée, car c'est de l'autre côté de ce portail que nous saurons si tu es aussi brave qu'un TÉMÉRAIRE DE L'HORREUR. Tu vois ces signes qui tapissent les murs ? Ils sont la preuve que cette abominable sorcière se cache de l'autre côté de cette porte. Elle sait que nous sommes ici... ET ELLE NOUS ATTEND !

— Eh bien, t'exclames-tu, qu'attendons-nous ? Allons-y !

— Pas si vite ! reprend-il. Cette lourde porte ne s'ouvrira que lorsque tu auras prononcé tout haut trois fois le nom de la sorcière. »

Si tu te rappelles son nom, dis-le trois fois et rends-toi ensuite au numéro 83.

Si, par contre, tu ne t'en souviens plus, tu te retrouves au numéro 86.

81

Oui ! Quel spectacle s'offre à toi maintenant. Tu ne trouves pas les mots pour décrire ce que tu vois... DES OSSEMENTS ! Et dans les décombres de ce mausolée jadis grandiose, que la pleine lune arrose de sa lumière, il y a aussi une ombre.

Oui, une ombre trahissant le retour de... L'HOMME-LOUP ! Et ce n'est pas l'émotion qui te prend à la gorge, C'EST LUI ! Oui ! C'est lui ! LE LOUP-GAROU !

SH-H-H-V-V-VRAN !

Il te projette violemment sur le sol parmi les débris. Son hurlement résonne jusqu'au fond de la nuit et jusqu'à la fin de ton aventure.   « AAAAHHHHHH ! » Tu es, toi aussi, deve-nu une autre victime de ce livre : PERDU DANS LE MANOIR RAIDEMORT...

FIN

82

Dans un nuage de poussière et un fracas épouvantable **BRROOOOUUUM !,** une des plantes carnivores dégage ses racines du sol et s'élance vers toi avec la hargne d'un animal enragé. D'un seul bond, rapide et précis, tu te retrouves les deux pieds bien ancrés dans son feuillage, corps à corps avec elle. Comme une déchaînée, elle secoue frénétiquement sa tige parsemée d'épines pour se dégager de ton emprise, mais tu tiens bon.

Un peu plus haut, sur une de ses branches, tu aperçois peut-être une façon de rassasier sa fringale de chair humaine... DES FRUITS ! Tu dois tenter de l'empoisonner avec ses propres fruits, c'est ta seule chance.

Tu grimpes rapidement sur sa tige, mais à l'instant où tu empoignes un des gros fruits de couleur jaunâtre, elle t'enroule le pied dans une de ses immenses feuilles aux bords acérés comme des dents de scie : TU ES PRIS !

Sans attendre, tu lances un à un les curieux fruits dans sa répugnante bouche aux dents pointues. Le résultat est presque immédiat. La plante tueuse vacille quelques secondes pour ensuite s'effondrer. Ses feuilles perdent leurs couleurs et se détachent.

Tu es libre. Est-elle morte ou endormie ? Tu ne cherches pas à le savoir.

Tu quittes en vitesse cette clairière dangereuse pour te rendre au numéro 25.

— Frénégonde, Frénégonde, Frénégonde !

Vous vous mettez tous les deux à pousser avec votre épaule sur l'immense porte qui s'ouvre lentement...

Elle est là, cette horrible bonne femme, vieille, hirsute et couverte de verrues. Elle semble avoir plus de 100 ans. Au travers de sa longue chevelure grise ébouriffée, tu peux à peine entrevoir son hideux visage. Son oeil unique vert et rouge flamboyant vous fixe d'une façon terrifiante.

Devant elle se trouve une énorme marmite en fonte noire. Une étrange fumée âcre s'en dégage. Des filets de bave apparaissent lorsqu'elle ouvre les lèvres pour vous dire de sa voix caverneuse : « Il y a très longtemps que je n'ai pas reçu de visiteurs. Vous êtes bien braves, jeunes hommes, mais votre aventure se termine ici. Croyez-en ma parole ! Et elle se met à tourner une à une les pages de son livre de sortilèges.

« Jean-Christophe ! Nous devons absolument agir maintenant avant qu'elle nous jette un sort, lui chuchotes-tu, vite...

— Il faut trouver la source de son pouvoir, te répond-il, nous devons absolument trouver où elle puise tout son pouvoir...

— LA MARMITE ! lui réponds-tu, c'est sûrement la marmite. Nous devons la renverser ! »

Au même instant, la sorcière lève les bras. Des paroles incompréhensibles sortent de sa bouche : « NIOTCIDELAM RUS SUOV. »

« C'EST MAINTENANT OU JAMAIS ! lui cries-tu, ALLONS-Y... »

Pour connaître la suite, rends-toi au numéro 65.

Excité par la magnificence de l'escalier, tu poses le pied sur la première marche. Au même instant, la pendule sonne son premier coup. **DONG !** Machinalement, tu gravis chaque marche au rythme de celle-ci. **DONG !** Deuxième coup, deuxième marche et ainsi de suite. À la douzième marche, elle sonne son dernier coup. La sinistre réalité te saisit... IL EST MINUIT !

Habituellement, à cette heure-ci, tu es en pyjama, dans ton lit douillet, et tu dors profondément. Mais cette nuit c'est très différent, tu es dans tes jeans, dans ce manoir maudit, et tu as profondément... PEUR !

Le douzième coup de la pendule a éveillé en toi une frayeur et, en même temps, une envie... une envie d'en finir une fois pour toutes, si minces que soient tes chances...

Une fois à l'étage, une grande respiration te permet de rassembler ton courage et tes forces. Perdu dans cette pensée, tu attends un peu puis tu t'engages vers le numéro 61.

85

Sa main s'enroule comme un tentacule autour de ta jambe. Tu tentes désespérément de t'agripper au tapis... Rien à faire, le fantôme te tire irrémédiablement vers le mur qui a soudain pris la forme d'une gueule immense. Tu t'engouffres dans les entrailles ténébreuses de cette demeure maudite...

Désormais, un autre fantôme hantera pour l'éternité le manoir de Frénégonde... TOI !

FIN

86

Comme c'est dommage ! Tu ne t'en souviens plus... Et c'est un peu de la même façon que va se terminer ton aventure. Tu seras oublié à tout jamais, entre les murs de cet ignoble manoir !

87

Le passage qui suit une pente descendante est bloqué plus loin par un éboulement. Impossible de passer. Un léger craquement de brindilles t'avertit que quelque chose s'approche. Une petite roche roule et s'arrête à tes pieds, te laissant présager le pire. Tu ravales ta salive...

C'EST UN AUTRE ÉBOULIS !

D'un bond en arrière, tu évites de justesse un gros caillou qui allait t'écrabouiller le pied. Tu lèves les yeux, une multitude de roches de toutes grosseurs dégringolent le flanc escarpé et arrivent vers toi. TU T'ÉCRASES AU SOL. L'amas de cailloux t'enveloppe sans toutefois te blesser sérieusement. La poussière retombe doucement sur le sol. De cette prison de pierre, tu ne peux plus sortir. Cependant, une petite ouverture te permet de respirer et de voir la lune briller très haut dans le ciel...

FIN

Lentement, la poussière et la fumée se dissipent. Jean-Christophe est près de toi, ses vêtements sont couverts de saleté. Le manoir et tout ce qui l'entourait ont maintenant disparu. Il ne reste plus qu'un vaste terrain vague, calme et complètement désert.

Au loin, le clignotement des gyrophares annonce la venue des policiers. Arrivés sur lieux, ils sortent de leur voiture et viennent à votre rencontre, lampe à la main.

« Est-ce que tout va bien ? vous demandent-ils. Que s'est-il passé ici ? » poursuit l'un d'eux en balayant les alentours du faisceau de sa lampe.

Réveillés par le bruit, les gens du voisinage arrivent en grand nombre ainsi que plusieurs autres auto-patrouilles. De l'une d'elles, ta mère sort saine et sauve. « Merci, mon Dieu ! » soupires-tu.

Jean-Christophe te regarde et fait un sourire en coin. Un sourire qui t'en dit long, un sourire qui signifie : bienvenue parmi LES TÉMÉRAIRES DE L'HORREUR...

BRAVO !
Tu as réussi à terminer...
Perdu dans le manoir Raidemort.

PERDU DANS LE MANOIR RAIDEMORT

Dans le quartier Outremonstre, où tu viens d'emménager, il se passe des choses bien étranges. Entre autres, on raconte que le vieux manoir, qui te semblait abandonné, serait malgré tout habité par une vieille femme, UNE SORCIÈRE... Celle-ci, par méchanceté, aurait jeté un mauvais sort sur toute la rue Latrouille. OUI ! OÙ TU HABITES... « Quelles sornettes », te dis-tu. Mais lorsque ta mère disparaît mystérieusement, un horrible doute s'installe en toi. Et si cette histoire de malédiction était vraie ?

UN LIVRE PALPITANT QUI SE JOUE À LA FAÇON D'UN JEU VIDÉO...

Oui, ce livre n'est pas qu'un simple livre... C'EST TON AVENTURE ! Et dans ton aventure, c'est toi qui décides du déroulement de l'histoire. ATTENTION ! Ce livre contient aussi un jeu original qui pourrait transformer ton histoire en vrai cauchemar... LE JEU DES PAGES DU DESTIN !

Il y a 17 façons de finir cette aventure, mais seulement une fin te permet de vraiment terminer... *Perdu dans le manoir Raidemort.*

LIRA BIEN QUI LIRA LE DERNIER...

www.boomerangjeunesse.com
info@boomerangjeunesse.com

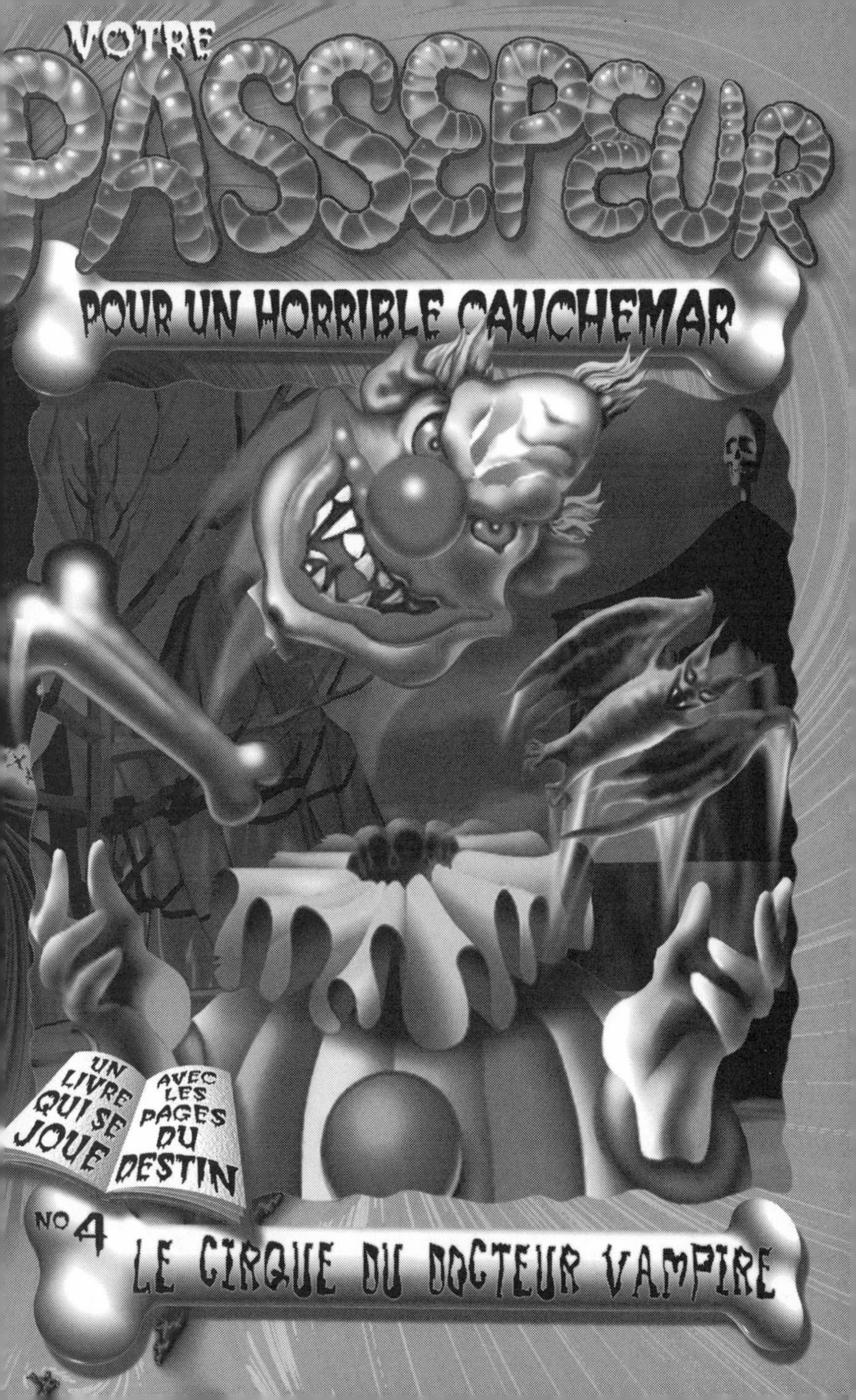
VOTRE
PASSEPEUR
POUR UN HORRIBLE CAUCHEMAR
UN LIVRE QUI SE JOUE
AVEC LES PAGES DU DESTIN
NO 4
LE CIRQUE DU DOCTEUR VAMPIRE

LE CIRQUE DU
DOCTEUR VAMPIRE

LE CIRQUE DU
DOCTEUR VAMPIRE

**Texte et illustrations
de
Richard Petit**

TOI!

Tu fais maintenant partie de la bande des
TÉMÉRAIRES DE L'HORREUR.

OUI ! Et c'est toi qui as le rôle principal dans ce livre où tu auras bien plus à faire que de tout simplement... LIRE. En effet, tu devras déterminer toi-même le dénouement de l'histoire en choisissant les numéros des chapitres suggérés afin, peut-être, d'éviter de basculer dans des pièges terribles ou de rencontrer des monstres horrifiants.

Aussi, au cours de ton aventure, lorsque tu feras face à certains dangers, tu auras à jouer au jeu des **PAGES DU DESTIN...** Par exemple, si dans ton aventure tu es poursuivi par une espèce de monstre dangereux et qu'il t'est demandé de TOURNER LES PAGES DU DESTIN afin de savoir si ce monstre va t'attraper, la première chose que tu dois tout de suite faire, c'est placer ton doigt tout tremblotant ou un signet à la page où tu es rendu pour ne pas perdre ta page, car tu auras à y revenir. Ensuite, SANS REGARDER, tu fais glisser ton pouce sur le côté de ton Passepeur en faisant tourner les feuilles rapidement pour finalement t'arrêter AU HASARD sur l'une d'elles.

Maintenant, regarde au bas de la page de droite. Il y a cinq pictogrammes. Pour savoir si le monstre t'a attrapé, il n'y en a que deux qui te concernent,

celui de l'espadrille et celui de la main.

Pour le moment, tu ne t'occupes pas des autres. Ils te serviront dans d'autres situations. Je t'explique tout un peu plus loin.

Comme tu as peut-être remarqué, sur une page il y a une espadrille, et sur la suivante, il y a une main et ainsi de suite, jusqu'à la fin du livre. Si, par chance, en tournant les pages du destin, tu t'arrêtes au hasard sur le pictogramme de l'espadrille, eh bien bravo ! tu as réussi à t'enfuir. Là, retourne au chapitre où tu étais rendu. Il t'indiquera le numéro de l'autre chapitre où tu dois aller pour fuir le monstre. Si tu es le moindrement malchanceux et que tu t'arrêtes sur le pictogramme de la main, eh bien, le monstre t'a attrapé. Là encore, tu reviens au chapitre où tu étais, mais tu auras par contre à te rendre au chapitre indiqué où tu tomberas entre les griffes du monstre.

Lorsqu'on te demandera de TOURNER LES PAGES DU DESTIN, tu n'utiliseras, selon le cas, que les DEUX pictogrammes qui concernent l'événement. Voici les autres pictogrammes et leur signification...

Pour déterminer si une porte est verrouillée ou non :

 Si tu tombes sur ce pictogramme-ci, cela signifie qu'elle est verrouillée ;

 si tu t'arrêtes sur celui-ci, cela signifie qu'elle est déverrouillée.

Lorsque tu choisis une carte du jeu de tarot de la voyante :

 Celle-ci représente la mort ;

 celle-ci représente le vampire.

Qu'est-ce qui surgit devant toi ?

 Ce pictogramme représente un monstre ;

 celui-ci représente un simple visiteur.

Combien obtiens-tu avec le dé ? (Voici les faces de 1 à 6 du dé.)

De plus, à certains moments dans l'histoire, il te faudra jouer à des jeux sordides et résoudre certains mystères afin de continuer ton aventure.

Ta terrifiante aventure débute au chapitre 1. Et n'oublie pas : une seule finale te permet de terminer... **Le cirque du Docteur Vampire.**

SHRI-I-I-KKK ! Un éclair déchire le ciel gonflé de nuages noirs et illumine cette obscure soirée sans lune.

« Un, deux », comptes-tu pendant que le fracas assourdissant du tonnerre se fait entendre.

BRRRO-O-U-U-MMM !

« Impossible de dormir » te dis-tu en songeant à cet orage qui dure depuis des heures. **SHRI-I-I-KKK !** Encore un éclair...

« Un, deux, trois... »

BRRRO-O-U-U-MMM !

« OUF ! L'orage s'éloigne, te dis-tu pour te ressaisir. Je vais enfin pouvoir dormir. »

Pourtant, ce n'est pas le bruit qui te tient éveillé, c'est cette peur incontrôlable des orages. Tu n'avais pas peur avant, jusqu'à ce que Frimousse, votre chat, soit frappé par un éclair. La foudre l'a frappé de plein fouet pendant qu'il marchait sur la corniche de la maison. Il est devenu tout blanc. Pauvre petite bête... Parfois, tu te demandes si, ce soir-là, ton chat n'aurait pas d'un seul coup perdu ses neuf vies et ne serait pas devenu... UN MATOU FANTÔME !

« Les animaux peuvent-ils devenir des revenants lorsqu'ils meurent ? » avais-tu demandé à ta mère qui craignait les chats depuis l'incident.

Ça te réconforte un peu de compter pendant l'orage. « Si l'écart s'agrandit entre la foudre et le tonnerre », disait ton oncle, c'est que l'orage s'éloigne. Il savait de quoi il parlait, ton oncle Gilles ! C'était dans son intérêt, d'ailleurs, car son travail de technicien l'amenait souvent sur le toit des édifices où le risque d'être frappé par la foudre pendant un orage était grand.

À la fenêtre, tu regardes avec soulagement le beau ciel constellé d'étoiles. Les nuages ont complètement disparu. Comme c'est curieux ! Cet orage est arrivé et reparti si vite. C'est peut-être un mauvais présage, un signe pour nous prévenir d'un terrible danger...

Quelques minutes plus tard, à ton grand désarroi, le grondement menaçant du tonnerre crève à nouveau le silence de ta chambre et te fait sursauter. « Comment cela se peut-il ? te demandes-tu, il n'y a pourtant aucun nuage dans le ciel... » Étonné, tu tends l'oreille pour t'apercevoir qu'il ne s'agit que du roulement mélodique d'un tambour... SAPRISTI ! on dirait une fanfare !... Oui, c'est la fanfare d'un défilé, constates-tu quand apparaissent au bout de la rue trois majorettes. Un défilé si tard... LE SOIR ? Étrange, très étrange même...

Les trois majorettes sont vêtues d'uniformes de fantaisie vétustes et déchirés. Dans leurs mains, à la place de l'habituel bâton, elles tiennent un os immense et dégoûtant, qu'elles lancent au-dessus de leur tête. À leur suite, une sorte de bête qui te semble difforme tire un très vieux char allégorique sur lequel se trouvent des musiciens au visage morbide et sans vie. Ils jouent de leur instrument vieillot et tout cabossé un air si funèbre qu'il te glace le sang. C'est alors que tu constates qu'il s'agit d'un cirque ambulant. « Mais qui sont ces gens ? te demandes-tu ; d'où vient ce cirque bizarre ? »

Une bande de clowns et de bouffons hideux qui font plus peur que rire arrivent en se dandinant dans la rue et lancent sur les trottoirs comme on jetterait des confettis ce qui semble être des billets d'entrée et des programmes pour les spectacles. Brusquement, l'un d'eux, perché sur des échasses, s'avance en titubant jusqu'à ta fenêtre... comme s'il avait senti ta présence !

Caché derrière les persiennes, tu ne bouges pas. Paralysé par son regard cruel et ses yeux injectés de sang, tu restes immobile, de peur d'être vu. Car, de toute évidence, ce n'est pas un homme qui se cache derrière ce maquillage ! MAIS QU'EST-CE QUE C'EST ALORS ?

Après quelques secondes, il retourne parmi les autres. OUF ! Derrière eux, plusieurs autres chars allégoriques tirés par des éléphants portent les cages des animaux du cirque. « C'est malheureux, te dis-tu, il fait trop noir pour que je puisse les voir. » Sauf pour le dernier : au moment où il passe sous la lumière vacillante d'un lampadaire, tes yeux écarquillés sondent l'obscurité et découvrent l'animal qui y est enfermé... UNE BÊTE MI-OURS MI-PIEUVRE !

Soudain, la musique se fait plus lugubre et annonce la fin du défilé. Un dernier char surgit de la pénombre de la rue, entouré d'une multitude de chauves-souris. C'est un char sombre, drapé de noir tel un corbillard. Qui transporte-t-il donc ? Lorsqu'il passe en face de ta maison, un frisson te parcourt le dos de la tête aux pieds...

DRI┐┐┐ING ! La sonnerie de ton téléphone te fait sursauter.

Alors que le funeste cortège disparaît au bout de la rue, tu te rends au numéro 5 pour répondre.

2

Dans la foule, personne ne semble troublé par l'apparence cauchemardesque de ce curieux cirque qui, par endroits, ressemble plutôt à un cimetière. Pendant que vous vous dirigez vers le labyrinthe de miroirs, une étrange sensation t'envahit, comme si quelqu'un vous observait et épiait vos moindres gestes. « Oui, comme c'est bizarre, songes-tu. Le Docteur Vampire, peut-être ? Serait-il possible qu'il soit déjà au courant de nos intentions ? Il faudra garder l'oeil bien ouvert... »

À l'entrée du labyrinthe, un squelette en tenue de gala vous accueille, en soulevant sa main osseuse pour vous indiquer le passage. « Vous avez vu ? Ce squelette mécanique a l'air tellement vrai, murmure Marjorie, en gardant ses yeux étonnés bien rivés sur votre hôte bizarroïde.

— PETITE IDIOTE ! lui réplique son frère Jean-Christophe, il a l'air vrai parce que C'EST un vrai squelette... Ici dans ce cirque, tout est réel ; alors si jamais vous vous trouvez face à face avec un loup-garou, ne vous posez pas de question... COUREZ À TOUTES JAMBES ! »

À peine avez-vous fait quelques pas dans ce réseau inextricable de couloirs sombres que quelqu'un ou quelque chose arrive à votre rencontre. Est-ce un monstre ou un simple visiteur ?

Pour le savoir, tu dois TOURNER LES PAGES DU DESTIN...

Si au bas de la page il y a un monstre, rends-toi au numéro 47.

Si, par chance, il n'y a qu'un visiteur, sauve-toi au numéro 17.

Le mécanisme infernal s'enclenche, et votre voiturette s'engage dans le chemin qui vous écarte, à votre grand désarroi, de votre but.

« AH NON ! Nous allons du mauvais côté ! » cries-tu, furieux, en voyant les rails vous conduire en sens inverse. Vous roulez si vite que le petit cabriolet prend les courbes sur deux roues seulement. Tous les trois, vous vous retenez solidement au siège pour éviter d'être éjectés. Vous

montez et montez si haut que, d'en bas, les gens peuvent voir la sombre silhouette de votre voiturette passer devant la lune qui trône bien haut dans le ciel...

Malheur ! Quand vous descendez la dernière montagne, un des rails se brise **CRAC !** et vous catapulte très haut dans les airs.

« ÇA Y EST ! NOUS ALLONS NOUS ÉCRASER ! » hurles-tu pendant que vous faites un vol plané de plusieurs mètres avant d'atterrir de façon inespérée dans une immense caisse de maïs soufflé.

Aussi incroyable que cela puisse paraître, vous vous en êtes tirés sans même une égratignure.

Sains et saufs, vous vous rendez au numéro 55.

4

Rapide malgré son poids, le démon de roc tend le bras et t'attrape la main. Rassemblant toutes tes forces, tu parviens à le faire basculer. Il tombe sur le comptoir et, quelques secondes après, le kiosque s'écroule sur lui dans un fracas épouvantable.

BRRRRRRRRRAAOUMM !

Prisonnier sous les décombres, le monstre de roc ne peut que hurler sa fureur tout en laissant échapper par la bouche une dégoûtante coulée de lave qui ruisselle sur le sol.

Vous poursuivez votre route un bon moment en dégustant cette délicieuse barbe à papa. Devant vous, dans une arène à ciel ouvert, se déroule un spectacle d'acrobates. Au moment où tu prends place dans les gradins, ton estomac émet un gargouillis atroce, et la douleur devient vite intolérable. « LA BARBE À PAPA ! » cries-tu. Persuadé qu'elle en est la cause, tu la jettes par terre. À peine a-t-elle touché le sol qu'une larve géante en surgit en se tortillant dans le sable.

« SAPRISTI ! C'est un gros cocon, hurles-tu avec dégoût, et j'en ai avalé un morceau... »

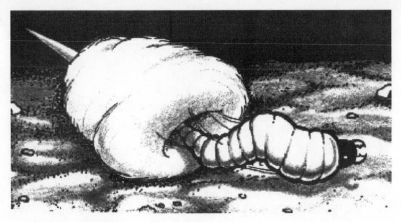

Maintenant, ton estomac te fait vraiment mal, ce cocon était sans doute... EMPOISONNÉ ! Tout près, il y a les roulottes des forains : peut-être qu'à l'intérieur de l'une d'elles, quelqu'un pourrait vous aider.

Vous frappez plusieurs fois à une porte, pas de réponse. Vous décidez d'entrer ; il n'y a personne. Cependant, sur un des murs, vous remarquez une étagère pleine de bocaux, de fioles et de flacons contenant de curieux produits de toutes sortes. Dans l'un d'eux, il y a même quelque chose de vivant. BEURK ! Parmi ces petits bocaux, il y a sûrement un antidote, un remède au poison que tu as ingurgité... À TOI DE CHOISIR !

L'étagère et tous ses produits se trouvent au numéro 8.

C'est Jean-Christophe, ton ami. Avec lui et sa soeur Marjorie, vous formez la bande des TÉMÉRAIRES DE

L'HORREUR. Les fantômes qui hantent les couloirs de l'école et les zombis du cimetière *Fairelemort* ne vous font pas peur. Vous avez une bibliothèque pleine de livres sur le sujet. Vous possédez en plus *L'encyclopédie noire de l'épouvante*, version intégrale, même le fameux numéro 13 de la collection. On raconte que seulement deux exemplaires de ce numéro existent et que le diable lui-même posséderait l'autre. De plus, Marjorie a fait des dessins super des monstres que vous avez rencontrés lors de vos aventures. Les murs de sa chambre en sont couverts. D'ailleurs, tu t'es souvent demandé comment elle arrivait à dormir, entourée de toutes ces horribles créatures.

Si ces deux-là te téléphonent à cette heure tardive, c'est parce qu'ils ont, comme toi, vu cette mystérieuse parade nocturne et qu'ils voudront sûrement aller au fond de ce mystère...

En effet...

« Est-ce que tu l'as vu toi aussi ? te débite rapidement Jean-Christophe, visiblement excité par la perspective de vivre une autre terrifiante aventure. C'était LE CIRQUE DU DOCTEUR VAMPIRE... Dans de très vieux bouquins, il est écrit que le propriétaire serait un savant fou devenu vampire à la suite de l'une de ses sinistres expériences. D'ailleurs, on ne compte plus les victimes que ce cirque a faites depuis qu'il existe.

— Eh bien, je crois que ce vampire assoiffé de sang n'est

pas le seul
monstre dans ce
cirque, lui précises-tu.
J'ai aussi aperçu une bête
terrifiante dans une des cages
lorsqu'ils sont passés près de chez moi.
Je n'ai jamais rien vu de pareil...

— Je pense que les Téméraires de l'horreur devraient rendre une petite visite à ce Docteur Vampire ! Viens nous rejoindre dans le stationnement du centre commercial abandonné où, comme le mentionne le programme, le cirque a installé ses manèges et élevé son grand chapiteau.

— VOUS ÊTES FOUS ! Aller dans ce cirque par une nuit pareille... C'est se jeter dans la gueule du loup, ou du vampire si vous aimez mieux. Je voudrais bien garder mon sang ; j'y tiens, c'est un souvenir de mes parents, leur réponds-tu en plaisantant.

— Très drôle mais écoute bien, te murmure calmement Jean-Christophe, sentant bien qu'une crainte t'envahit. Ce cirque ne vient dans cette ville qu'une fois tous les cinq ans et pour seulement UNE NUIT ! Si nous voulons éclaircir ce mystère, nous devons y aller ce soir... Habille-toi et mets tes meilleures espadrilles, parce que je crois que cette nuit, elles vont t'être utiles...

... et viens vite nous rejoindre à l'entrée du cirque, au numéro 10.

Il n'y a aucun doute, c'est bien lui, tu l'as reconnu. Vous vous arrêtez un moment pour vous demander si vous devriez suivre le Docteur Vampire ou tenter de le confronter immédiatement.

« Il vaudrait mieux le suivre, suggère Jean-Christophe. Dans la foule, il pourrait s'en prendre à des visiteurs. Pourquoi prendre un tel risque ? »

Il commence à faire terriblement noir. Comme si elle était sa complice, la lune s'est soudainement cachée derrière un nuage pour laisser une chance au vampire de vous échapper. Vous jetez un coup d'oeil au docteur. Sa peau est d'un blanc si pur. Ses cheveux d'un noir des plus obscurs contrastent avec ses yeux d'une brillance surnaturelle. Vous devez le suivre avec une extrême précaution, car les vampires sont doués d'un sixième sens qui pourrait le prévenir de vos intentions.

Doucement, sans être vus, poursuivez votre aventure au numéro 18.

C'est entre les vagues d'un épais brouillard que se dresse une immense baraque délabrée et disjointe... LA MAISON HANTÉE ! Quelle horrible demeure. Des cliquetis de chaînes aux toiles d'araignée, tout concourt à rendre cet endroit lugubre. Ce n'est pas qu'une simple attraction de cirque, cette vieille maison est vraiment HANTÉE... Au travers des fenêtres brisées et des rideaux en lambeaux, des dizaines de yeux semblent vous épier et annoncer au vampire votre arrivée : *Ils sont là, Docteur Vampire, venez... DU SANG FRAIS !*

Une étrange sensation t'envahit quand tu t'aperçois qu'il n'y aucun visiteur à l'entrée; toi qui pensais y trouver une interminable file d'attente. « C'est tout à fait normal, précise Jean-Christophe, c'est la plus effroyable des attractions de ce cirque. Beaucoup y sont entrés, mais très peu en sont ressortis. » Pour vous, il est trop tard pour reculer maintenant. Tu pousses sur la massive porte en bois cloutée qui s'ouvre dans une cacophonie de grincements qui te donnent la chair de poule. Un corridor poussiéreux et sombre, traversé de toiles d'araignée, s'offre à vous. La porte se referme d'elle-même dans un fracas épouvantable.

BL-A-A-A-NG !

Vous marchez maintenant dans le corridor. Quand vous arrivez près d'une porte, un bruit étrange se fait entendre dans la pénombre. On dirait un grognement... GROOOOOOWW ! Quelque chose vient dans votre direction. Il faut fuir et vite. PAR LA PORTE ! Oui, mais elle est peut-être verrouillée ?

Pour le savoir, TOURNE LES PAGES DU DESTIN.

Si elle est ouverte, vous pouvez fuir en vous rendant au numéro 13.

Mais si, par contre, elle est verrouillée, quel malheur... Vous tombez nez à nez avec ce monstre au numéro 20.

Maintenant, esquisse un signe de croix et choisis parmi trois contenants.

Rends-toi au numéro inscrit en dessous de celui que tu crois être l'antidote...

« Saleté de porte ! Elle est fermée... vous dit Jean-Christophe en regardant les trois vampires prendre position sur le stand de tir et faire feu dans votre direction. BANG !

Ta réaction est immédiate : pour éviter d'être touché, tu te laisses choir dans le plancher. Un des trois projectiles passe tout près de toi et se plante dans le mur. POP ! C'est une simple fléchette à suce, mais elle est cependant... EMPOISONNÉE. Les fusils à nouveau chargés, ils tirent une deuxième salve. POP ! POP ! POP ! Encore une fois, les projectiles n'atteignent pas leur but et les vampires se retirent sans avoir fait mouche une seule fois.

Tu as vite compris que, pour gagner à ce jeu absurde, il fallait éviter d'être touché par ces fléchettes mortelles. « Quel jeu ignoble ! lances-tu, blême de peur en te relevant. Est-ce que nous gagnons quelque chose au moins », ajoutes-tu pour ajouter au ridicule.

OUI ! Ça va peut-être vous étonner, mais en plus de votre VIE, vous gagnez un prix...

Allez au numéro 12, où se trouve le présentoir...

Prenant ton courage à deux mains, tu cours enfiler tes espadrilles neuves, celles que tu conservais précieusement pour les compétitions inter-écoles. Car ce soir tu es dans une course où le gagnant aura une médaille à son cou et le perdant, lui, portera au sien... LES MARQUES D'UN VAMPIRE !

Dans la rue, tu ramasses en passant un des billets que les bouffons ont lancés à la foule. Pour entrer au cirque, c'est simple. Il ne te suffit que d'un seul de ces billets. Pour en ressortir, là, ce sera une tout autre histoire, UNE HORRIFIANTE HISTOIRE... Si tu réussis à en sortir, naturellement. Après une grande respiration, tu entames une longue marche dans la rue Mortdepeur qui te conduit à ton périlleux rendez-vous avec tes amis.

Près du cirque, Jean-Christophe et Marjorie semblent figés par l'aspect morne et sinistre de l'arche à l'entrée. Elle a été construite d'ossements blanchis appartenant probablement à ceux qui ont essayé, comme vous trois, de vaincre le Dr Vampire. « Pas rassurant du tout », te dis-tu en les y rejoignant. À droite, dans une petite cabine de bois délabrée, se trouve une vieille femme, si vieille qu'on dirait qu'elle a plus de cent ans. « Entrez ! Entrez ! ON NE VOUS MORDRA PAS ! », vous dit-elle d'une voix railleuse en vous voyant hésiter à entrer. Craintif, tu lui tends tout de même ton billet. À l'instant où vous quittez le guichet, vous constatez qu'elle a disparu... Comme un fantôme...

« Du calme, nous savions qu'il y avait d'autres monstres à part le Docteur Vampire, vous dit Jean-Christophe, bien décidé à aller au fond de cette histoire. Il faut continuer !

— Tu as tout ce qu'il nous faut ? lui demandes-tu.

— Oui, nous pouvons y aller, te répond-t-il en te montrant son sac à dos. »

Une fois entrés, vous constatez que le cirque est beaucoup plus grand qu'il ne le laisse paraître. Parmi toutes ces attractions lugubres, un parc d'amusement vous invite à risquer une balade dans un de ses périlleux manèges sombres et sinistres, *pour ceux qui désirent mourir de peur*, comme dit l'affiche, pas très invitante.

« Mais par où allons-nous commencer ? Demande Marjorie tout intriguée. Dans laquelle de ces attractions le Dr Vampire peut-il bien se cacher ? »

Bonne question ! Dans LE LABYRINTHE DE MIROIRS ? Peut-être pourriez-vous y trouver ce vampire. Mais n'oubliez pas que, dans les miroirs, on ne voit que le reflet des créatures qui sortent de leur tombeau la nuit pour sucer le sang des vivants.

Peut-être se cache-t-il tout en haut des MONTAGNES RUSSES, prêt à bondir sur le cou de sa prochaine victime ? Il pourrait tout aussi bien se servir des KIOSQUES DE FRIANDISES pour attirer les enfants dans un piège répugnant. Ou bien au PAVILLON DES JEUX D'ADRESSE, dissimulé parmi les toutous en peluche attendant le prochain gagnant pour se jeter dessus ? Enfin, peut-être qu'il se cache dans la MAISON HANTÉE, parmi ces monstres qu'on dit « ANIMATRONIQUES », mais qui sont en vérité bien réels... À toi de le découvrir !

*Si tu veux te rendre au **LABYRINTHE DE MIROIRS**, va au numéro 2.*

Pour aller vers les **MONTAGNES RUSSES**, *va alors au numéro 29.*

Pour te rendre aux **KIOSQUES DE FRIANDISES**, *trouve le numéro 26.*

Si tu veux aller au **PAVILLON DES JEUX D'ADRESSE**, *va au numéro 36.*

Ou si tu préfères visiter la **MAISON HANTÉE**, *va au numéro 7.*

11

« UN SAC DE PETITS NOUNOUS GUMMI ! Voilà ce qu'il nous faut, lance Marjorie pour se moquer de ton choix. ATTENTION ! Les oursons mous viennent à notre secours... VIVE LES NOUNOUS GUMMI !

— CESSE DE FAIRE L'IDIOTE ! lui cries-tu, je me suis trompé, la clef n'est pas dans ce sac de bonbons. »

SORTEZ VOTRE MONNAIE et retournez au numéro 60 pour choisir autre chose.

Vous avez gagné, vous confirme le vieux monsieur en vous conduisant vers le présentoir de prix. Mais attention, ajoute-t-il, une très ancienne clef a été cachée parmi les prix. Cette clef vous permettra de quitter le pavillon des jeux d'adresse.

Cherchez bien sur cette image ; si vous la trouvez, sortez du pavillon et rendez-vous au numéro 28. Mais si, par malheur, elle demeure introuvable, allez au numéro 64.

13

Le coeur battant, tu refermes la porte en t'assurant qu'elle est bien barrée. « Mais qu'est-ce que c'était que ça ? leur demandes-tu, tout tremblant de peur.

— J'ai pu l'entrevoir juste avant que tu refermes la porte, c'était horrible, raconte Marjorie, qui cherche à reprendre son souffle. Une sorte de gros serpent à tête humaine, une espèce de monstre à la langue fourchue, qui est passé tout près de nous prendre... »

La gorge un peu serrée par la peur, vous poursuivez l'exploration de la maison hantée. Plus loin, vous êtes ralentis par les toiles d'araignée qui se font de plus en plus nombreuses. Vous continuez votre marche tant bien que mal. Ta jambe se prend soudainement dans l'une de ces toiles d'une solidité étonnante.

« AIDEZ-MOI ! Ne restez pas plantés là à rien faire, leur cries-tu en tentant de te dégager. Mais quelle espèce d'araignée peu bien faire des toiles aussi grosses et solides, » leur demandes-tu au moment où derrière vous, apparaît soudainement celle qui l'a tissée... UNE TARENTULE GÉANTE !

Aidé de tes amis, tu réussis à te dégager. Dans le couloir, vous courez jusqu'à une autre de ces immenses toiles, qui vous bloque complètement le passage. C'est un cul-de-sac ! « Nous sommes pris, nous ne pourrons pas passer au travers de celle-ci », s'écrie Jean-Christophe en jetant un coup d'oeil vers l'araignée qui, implacablement, se rapproche...

À en juger par les ossements qui jonchent le sol, vous n'êtes pas les premiers à être tombés dans le piège de cette araignée repoussante. Mais peut-être qu'il y a une mince chance de vous en sortir, très mince...

Voyez au numéro 88.

14

Vous tirez sur la poignée de la porte qui s'ouvre en grinçant. Quelques rats passent rapidement dans l'ouverture et te font sursauter. « Je déteste ces bestioles », confies-tu à tes amis qui te répondent par une grimace approbative.

ENCORE UN ESCALIER ! Vous cherchez en vain à voir où il conduit. Un curieux brouillard verdâtre sillonne les chapelets de toiles d'araignée qui décorent ce lieu. Lorsque vous vous apprêtez à monter, quelque chose fend l'air et disparaît en passant à travers le mur et en soulevant un nuage de poussière qui vous fait éternuer.

« AAATCHOUU ! Qu'est-ce que c'était que cela ? demandes-tu en cherchant tout autour de toi.

— Il n'y a que les fantômes et Bouboule notre voisin qui peuvent passer à travers les murs, précise Jean-Christophe. Et je doute qu'il s'agisse de Bouboule. Alors c'était sans doute... UN FANTÔME !

Pressés par cette étrange apparition, vous escaladez rapidement l'escalier qui vous conduit à l'extérieur, sur le toit de la maison hantée, au numéro 31.

15

Arrivés près de la cage, vous faites un pas en arrière afin d'éviter d'être assaillis par... UN HORRIBLE TIGRE-PIEUVRE !

La repoussante bête passe rapidement ses bras gluants et tentaculaires entre les barreaux et t'attrape par la tête. En glissant sur le côté, tu réussis à te dégager. Le visage couvert d'un liquide gélatineux, tu te relèves pour t'apercevoir que le monstre-mutant a réussi à t'arracher ta casquette et a entrepris de la manger.

« LA SALE BÊTE VA BOUFFER MA CAS-
QUETTE ! hurles-tu en te frottant la tête pour te replacer
les cheveux.

— La méchante beu-bête a mangé ta casquette de
DOUDOU le dinosaure, te lance Marjorie pour se
moquer de toi.

— Cesse de dire des imbécilités ! Je l'aimais, ma casquette, ajoutes-tu, contrarié. Doudou lui-même me l'avait
autographiée. »

Soudain, un bruit sec produit par quelque chose qui se
déclenche se fait entendre. **TCHIC !** « Est-ce que ce bruit
provenait de la cage ? » demandes-tu en craignant la
réponse.

OUI ! Le loquet de la cage s'est déclenché, la porte
s'ouvre et le monstre arrive sur vous... Va-t-il vous attraper ?

Pour le savoir, TOURNE LES PAGES DU DESTIN...

S'il t'attrape, rends-toi au numéro 63.
Si tu réussis à fuir, va au numéro 53.

16

« Où est ton zombi ? demandes-tu à Jean-Christophe,
je ne vois qu'un clown qui nous lance des serpentins de
papier...

— Justement, le zombi, C'EST LUI ! hurle-t-il en

reculant. Faites attention aux serpentins, ils sont empoisonnés. Un simple toucher pourrait te paralyser ! »

Au même instant, un de ces serpentins te passe tout près du visage. Tu tentes de fuir. Le souffle coupé, tu sembles suspendre ton élan vers la sortie. Ton corps est si lourd, sans doute à cause de la peur.

Rendu à court de munitions, le clown s'élance bouche ouverte vers vous : « **YAAAAAAAAAARGHH !** » Son odeur putride et sa bouche édentée ne vous laissent plus aucun doute, il s'agit bien d'un zombi. Maintenant, vous devez prendre une décision : vous cacher dans les sarcophages égyptiens et espérer qu'il partira en vous laissant tranquilles, ou lui livrer un combat.

Si vous n'avez pas peur de vous cacher dans les tombes dégoûtantes, rendez-vous au numéro 43.
Si vous préférez lui faire face, allez au numéro 90.

17

Vous faites une pause, question de vous ressaisir et de reprendre votre calme. Rien ne sert de s'énerver ; après tout, il ne s'agit que d'un simple visiteur.

Même s'il a l'air totalement inoffensif, vous ne voulez courir aucun risque. Vous vous éloignez de lui sans le quitter des yeux. Il s'arrête devant un miroir et sort de son sac un costume de clown cracheur de feu, qu'il enfile aussitôt. « Qu'est-ce qu'il fait ? Est-il dangereux ? » demande Marjorie, soucieuse.

Sa question ne demeure pas longtemps sans réponse : le clown se retourne et crache vers vous une boule de feu qui frappe de plein fouet une chauve-souris qui passait inopinément par là. Calciné, le mammifère nocturne tombe raide mort...

« Est-ce que ça répond à ta question ? lui lances-tu en cherchant une sortie. Il faut absolument partir d'ici, car ça va chauffer... » Vous avez beau chercher, il ne semble pas y avoir de façon de quitter ce labyrinthe. Est-ce la fin ?

Peut-être que non ! Car sur un des murs vous remarquez d'étranges graffitis qui semblent indiquer la présence d'un passage secret. Sauf que le message est encodé.

Pour essayer de déchiffrer ce message, rends-toi au numéro 25.

Soudain, il s'arrête et se retourne, comme si son fameux sixième sens l'avait averti de votre présence. Vous sautez vite derrière un bosquet pour vous cacher en croisant les doigts et en espérant qu'il ne vous ait pas vu.

« Regarde s'il vient vers nous », chuchote Jean-Christophe à l'oreille de sa soeur. Marjorie, qui était accroupie se lève tranquillement et sort la tête de l'épais feuillage du buisson afin de jeter un coup d'oeil.

« SAPRISTI ! Il n'est plus là ! Il a disparu... Il s'est probablement transformé en chauve-souris pour s'envoler vers.. LE GRAND CHAPITEAU ! s'exclame-t-elle en apercevant la grande tente. Nous l'avons trouvé, il est juste devant nous.

— OUAIS ! Il nous a conduit directement au grand chapiteau. Nous le tenons maintenant, ce suceur de sang, leur dis-tu. Allons-y ! »

Mais à peine avez-vous fait quelques pas que vous êtes arrêtés par une brusque apparition : un autre clown jongleur. Mais cette fois-ci, il s'agit bel et bien d'un des monstres du Docteur Vampire, car à la place d'une balle, ce clown jongleur jongle avec sa propre tête. Quelle horreur ! Il cherche sans doute la bagarre...

Si vous décidez de l'ignorer, peut-être vous laissera-t-il passer sans chercher dispute, allez au numéro 58.

Mais si vous voulez le confronter, rendez-vous alors au numéro 39.

19

En marchant, vous déchirez les toiles d'araignée tissées en d'étranges motifs. Des brumes malsaines sillon-

nent les corridors de miroirs et en décuplent l'aspect sinistre. Des cris d'horreur suivis de rires hystériques parviennent à vos oreilles et vous glacent le sang. « Qui peut bien
rire d'une façon si odieuse ? demandes-tu en cherchant
des yeux la provenance du ricanement.

— Je n'en ai aucune idée, mais tout ce que je peux
vous dire, c'est que nous ne tarderons pas à le savoir, te
répond Jean-Christophe, car j'entends des bruits de pas,
des pas lourds qui se rapprochent... »

Soudain, une voix d'outre-tombe s'élève : « C'est vous
qui venez anéantir mon mari ? Vous n'aurez pas la chance
de mettre votre plan à exécution, car personne, je dis bien
personne, n'a réussi à m'échapper. JE VAIS VOUS
BROYER ! »

Pendant que vous cherchez désespérément une façon
de fuir, votre interlocutrice apparaît. C'est une immense
bonne femme, LA PLUS GROSSE FEMME-ZOMBI AU
MONDE ! Elle est si grosse qu'elle prend presque toute la
place dans la pièce où vous vous trouvez.

*Vos chances de fuir sont maigres, mais TOURNE tout de
même LES PAGES DU DESTIN... pour savoir si la bonne
femme va vous attraper.*

*Si elle vous attrape, la suite de votre aventure se trouve au
numéro 40.*

*Si vous avez réussi à fuir cette GROSSE menace, rendez-
vous au numéro 76.*

Devant vous, soulevant un nuage de poussière, une répugnante bête mi-homme mi-serpent surgit des ténèbres. « Que faites vous icccci ? demande le monstre de sa voix sifflante. Je ne laisssse perssssonne ressssortir après m'avoir vu. Je ne veux pas que l'on sssache que le ssssavant fou a fait de moi un homme-sssserpent... »

Quelle horreur en effet ! Encore une expérience du Docteur Vampire qui a mal tourné. Le savant fou voulait sans doute attirer les gens dans son cirque en présentant des spectacles de monstres difformes.

« Mais monsieur, peut-être qu'à l'hôpital quelqu'un pourrait vous aider, suggère Jean-Christophe, tout en cherchant ainsi une façon de vous sortir de cette impasse.

— Crois-tu qu'il sssuffira d'une sssimple assspirine pour me redonner ma forme normale ? » lance-t-il, les yeux exorbités par la rage et par l'envie de vous infliger une morsure mortellement venimeuse.

« Il y a certainement une façon de sortir d'ici », murmures-tu en ne quittant pas des yeux le mutant.

Cherchez du côté du numéro 82.

21

Bien joué ! Grâce à votre coup de dé, le mécanisme du rail s'enclenche, et tu te diriges sur la voie conduisant tout en haut du manège, où se trouve peut-être le Docteur Vampire. Malgré l'angoisse que tu ressens, la perspective de confronter ce fantôme suceur de sang a quelque chose d'exaltant.

Vous roulez si vite que le petit cabriolet prend les courbes sur deux roues seulement. Tous les trois, vous vous retenez solidement au siège pour éviter d'être éjectés. Vous arrivez finalement à l'intérieur du tunnel où vous pensez dénicher le docteur. Mais il ne s'y trouve pas. Plutôt, vous êtes assaillis par les gardiennes du vampire... UNE NUÉE DE CHAUVES-SOURIS VORACES !

Enveloppés par ce nuage de « vampires volants » vous tentez d'une main de vous protéger et de l'autre de les faire fuir. Mais l'une d'elle parvient tout de même à te frôler. Tu te touches le cou pour te rendre compte que... TU SAIGNES ! Cette sale bête t'a mordu. « Est-ce que je vais devenir un vampire ? demandes-tu à Jean-Christophe, qui observe les chauves-souris battre en retraite et s'envoler au loin.

— Oui ! À moins que nous réussissions à éliminer le Docteur Vampire précise-t-il. Lorsque ce prince des monstres sera anéanti, tout redeviendra normal. Mais si nous ne réussissons pas, lorsque la nuit viendra, tu deviendras un... VAMPIRE ! »

Votre balade cauchemardesque s'achève par une étourdissante descente jusqu'au quai de débarquement. Vous dévalez l'escalier qui passe juste devant un gradin rempli de visiteurs devant lequel se déroule un spectacle d'avaleurs d'épées.

Allez au numéro 30.

22

« HOLÀ ! Attendez un peu, s'écrie Jean-Christophe. Ce monsieur Nomed... C'EST UN DÉMON !

— Comment peux-tu le savoir ? lui demandes-tu, tout surpris.

— Comme nous nous approchions de lui, une pensée m'est venue à l'esprit. Je me suis dit : quel curieux nom a, ce monsieur Nomed ! Et puis j'ai compris que Nomed était tout simplement démon écrit à l'envers. Comme le mentionne *L'encyclopédie noire de l'épouvante,* un simple toucher de cet être immonde, et nous brûlerons dans les flammes éternelles de l'enfer, explique Jean-Christophe, qui a beaucoup lu sur le sujet. Je sais aussi qu'il faudrait l'eau de tous les océans de la terre pour éteindre le feu d'un seul de ces démons. »

Tu agites rapidement la main pour indiquer à tes amis qu'il vaudrait mieux partir au plus vite, avant que ce brûlant personnage ne se décide à vous griller.

De retour sur le petit pont, vous entendez une voix grave s'élever des ténèbres du sous-bois tout près de vous. De qui peut-il bien s'agir maintenant ? Du monstre qui vous a suivi ou d'un simple visiteur ?

Pour le savoir, TOURNE LES PAGES DU DESTIN...

Si en TOURNANT LES PAGES DU DESTIN... tu es tombé sur le monstre, rends-toi au numéro 80.
Et si, par chance, la page s'arrête sur le visiteur, la chance est avec vous POUR LE MOMENT ! Rendez-vous au numéro 84.

Pour éviter que le temple des vampires ne devienne votre tombeau, vous devez trouver parmi ces ruines, une croix, qui éloignera, espères-tu, ces monstres assoiffés de... VOTRE SANG !

Cherche bien, elle est cachée sur cette image. Si tu la trouves, va au numéro 81. Mais si, au contraire, elle demeure introuvable, rends-toi au numéro 51.

Observateur perspicace, tu as pu identifier le zombi parmi le groupe. En douce, vous vous dirigez vers les cages des animaux du cirque, disposées en croissant à l'écart. Dans le cirque du Docteur Vampire, il n'y a pas de tigres domptés, de lions féroces ni d'otaries savantes. On n'y trouve que les cobayes des expériences sordides du savant fou.

Dans la première cage, un tigre à deux têtes, aux griffes acérées, dévore du regard les deux zèbres cyclopes de la cage voisine. Un peu plus loin, une cage est vide. Mais l'est-elle vraiment ? Peut-être contient-elle... le fantôme d'un animal quelconque ? Un étrange grondement semble provenir d'une cage isolée des autres.

GROOOUUURR !

Quel étrange bruit !

Vous vous dirigez vers elle à pas feutrés. Pourquoi est-elle à l'écart dans la pénombre ? Encore une fois, le grondement se fait entendre et te glace le sang.

GROOOOUUURR !

Le coeur qui bat la chamade, vous vous approchez de la cage qui se trouve au numéro 15.

Observe bien cette image.

Si tu réussis à déchiffrer ce graffiti, il te révélera le numéro pour te rendre au passage secret qui te mènera en lieu sûr.

Si, par contre, tu n'y parviens pas, garde ton sang froid et rends-toi au numéro 73.

Alors que vous vous dirigez vers les kiosques de friandises, la grande porte d'entrée se referme et vous fait sursauter. **BLAAANG**! La clef tourne trois fois dans la serrure...

« Diable, il n'y a personne à la porte ! murmure Marjorie apeurée. Comment est-ce possible ? » demande-t-elle sans s'attendre à obtenir de réponse.

Un peu partout dans le cirque, les visiteurs déambulent sans se douter du danger qui les guette. Mais il est bien présent, ce vampire : plusieurs signes attestent sa présence. Le brouillard roule en vague, entre de grandes statues de chauves-souris d'aspect sinistre. Sous les saules languissants, les araignées tissent d'étranges motifs. Tu sens monter en toi une crainte indescriptible, et il te vient un horrible doute : et si le Docteur Vampire n'était pas seul et qu'il y avait d'autres vampires dans ce cirque ?

Près d'un kiosque, le préposé s'affaire à tourner un bout de carton dans une machine pour en ressortir... une barbe à papa ! Il est masqué, probablement pour amuser les enfants. Tu fouilles dans ton porte-monnaie pour en acheter une. Lorsqu'il tend le bras pour prendre l'argent, son masque tombe par terre et vous laisse découvrir son visage hideux... « C'EST UN DÉMON DE PIERRE ! » s'écrie Jean-Christophe, FUYONS...

Oui, ce colosse de roc vient des profondeurs embrasées de la terre. Il peut cracher un jet de lave et brûler tout un pâté de maisons d'un seul coup.

Ce serviteur du Dr Vampire vous attrapera-t-il ?
TOURNE LES PAGES DU DESTIN... pour le savoir.

S'il vous attrape, retrouvez-vous au numéro 35.
Si vous avez réussi à fuir, courez au numéro 4.

27

« LA CARTE DU VAMPIRE ! hurle-t-elle alors que s'élève brusquement le vent. Vous avez été choisi pour confronter le savant fou... LE DOCTEUR VAMPIRE ! Allez, sortez d'ici et préparez-vous à lui faire face. »

Comme vous l'a révélé la voyante, votre destinée est maintenant toute tracée. Une confrontation avec le Docteur Vampire est inévitable. Tu as maintenant l'affreuse impression d'être l'acteur principal d'un spectacle qui se terminera en cauchemar. Mais tu sais, dans une joie presque inhumaine, que bientôt, celui qui s'envole la nuit pour boire le sang des innocentes victimes vous accordera à tous les trois peut-être... UNE ULTIME REN-CONTRE !

Allez au numéro 44.

LA CLEF ! J'ai réussi à la trouver, cries-tu à tes amis maintenant rassurés. Sans attendre, tu l'insères dans le trou de la serrure. Un tour vers la droite, CHLIC ! et la porte s'ouvre. OUF !

Vous passez sur un petit pont qui surplombe une dégoûtante rivière de liquide gélatineux en ébullition. De l'autre côté de la rive, un étonnant spectacle est en cours, celui de Monsieur Nomed, LE BOULET DE CANON HUMAIN.

« Assoyons-nous, vous dit Marjorie, subjuguée, je ne veux pas manquer ça. »

Tous les trois confortablement installés dans l'estrade, vous observez silencieusement l'étonnant rituel qui précède la mise à feu de l'immense canon. Au milieu d'un cercle formé de pierres, monsieur Nomed, l'homme-boulet, prononce quelques paroles incompréhensibles. Soudain, il explose en flammes.

Certains que le spectacle a tourné à la catastrophe, vous vous approchez pour venir en aide au malheureux.

Rendez-vous au numéro 22.

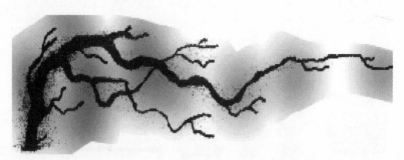

Dans le ciel, la lune semble prisonnière dans l'enchevêtrement de la structure des montagnes russes. En marchant vers le manège, vous remarquez à l'entrée d'une grande tente un magicien au visage caché par un masque horrifiant, sur le point d'exécuter le tour archi-classique du lapin dans un chapeau. Mais à ton grand dégoût, il en sort une terrifiante chauve-souris morte et à demi-décomposée qu'il se met à dévorer. OUARK ! Tu parles d'un spectacle dégoûtant.... Ce magicien masqué est-il tout simplement un autre des monstres-mutants du Docteur Vampire ?

À l'entrée du manège, Marjorie vous fait remarquer en pointant son index sur l'armature rafistolée avec des ossements qu'elle n'a pas l'air très solide, cette attraction !

Même que, par endroits, on dirait qu'il n'y a que les toiles d'araignée qui retiennent le tout, ajoute-t-elle.

« Regardez tout en haut du manège, à travers le brouillard. Il y a une sorte de tunnel survolé par une nuée de chauves-souris très poilues, souligne Jean-Christophe. Dans *L'encyclopédie noire de l'épouvante*, il est écrit que les vampires sont toujours accompagnés d'une nuée de chauves-souris qui sont un peu les gardiennes de leur sommeil. Le Docteur Vampire doit certainement se trouver là-haut. Allons-y !

Devant vous, deux *buggies* en forme de dragon chinois attendent des passagers pour les entraîner dans une folle course sur les pentes et les descentes vertigineuses des montagnes russes. Vous embarquez sans hésiter dans le premier, qui roule aussitôt vers la première remontée mécanique. Pendant l'ascension, le cliquetis du mécanisme vous rappelle les secondes d'une horloge qui s'égrènent pour vous indiquer que minuit approche. Malheureusement, tout en haut du manège, la voie se sépare en deux.

Pour prendre le bon chemin, tu dois TOURNER LES PAGES DU DESTIN... et obtenir plus de trois avec le dé.

Si tu obtiens, 1, 2 ou 3, la malchance est avec vous. Roulez jusqu'au numéro 3.

Mais si, par chance, tu obtiens 4, 5 ou 6 sur le dé, laissez-vous glisser jusqu'au numéro 21.

30

Observe bien les gradins et rends-toi ensuite au numéro 65.

31

« Après cette laborieuse ascension, vous tentez de respirer normalement, mais en vain, car l'effrayant spectacle qui s'offre à vous est à couper le souffle. Sur le toit de la maison hantée, vous contemplez la lune qui baigne de sa clarté blafarde les différentes attractions du cirque et lui donne un air des plus macabres et inhospitaliers.

« Le cirque est beaucoup trop vaste, nous ne retrouverons jamais le Docteur Vampire, dis-tu à tes amis. Avec tous ces manèges, toutes ces tentes et tous ces chapiteaux, nous aurons un mal fou à le dénicher. Il peut se cacher n'importe où ! »

Au moment où vous vous apprêtez à redescendre, un battement d'ailes étouffé se fait entendre, celui d'une chauve-souris géante... Elle passe en virevoltant au-dessus de vos têtes et poursuit son vol désordonné pour finalement se poser près du grand chapiteau, à côté des montagnes russes. Soudain, sous vos yeux agrandis d'étonnement, la chauve-souris se métamorphose, et prend une forme humaine...

« LE DOCTEUR VAMPIRE ! » hurlez-vous tous les trois à l'unisson tandis qu'il disparaît en éclatant d'un rire hystérique sous la grande tente...

Malheureusement ce « cadavre buveur de sang » ne se cachait pas dans la maison hantée : vous devez donc recommencer.

Maintenant que vous avez une petite idée de l'endroit où il se trouve, retournez à l'entrée au numéro 10 et recommencez votre aventure. BONNE CHASSE AUX VAMPIRES...

32

Vous marchez vers le grand chapiteau, et une tornade de poussière se déchaîne autour de vous, si forte que vous tombez à genoux. La grande tente est si proche et si loin à la fois. Rassemblant toutes vos forces, vous réussissez à vous relever. Brusquement, tout s'éteint autour de vous, comme si on avait éteint la lune de la même façon qu'on souffle une bougie.

Moins impétueux, le vent se calme, vous permettant d'entrer dans le chapiteau. L'endroit semble désert, habité seulement par un inquiétant silence.

« Nous sommes en avance, le spectacle du Docteur Vampire ne commence qu'à minuit », dit Jean-Christophe en s'assoyant dans les gradins vides.

Au loin, quelques chiens-loups hurlent et annoncent que minuit approche, comme le fait le coq au lever du jour.

OOOOUUUUUUU !

Dans l'arène centrale, quelques machinistes s'affairent à préparer la piste. Par terre, les taches de sang trahissent odieusement les mauvaises intentions du vampire... IL BOIRA LE SANG DES SPECTATEURS CE SOIR À MINUIT !

Vous devez l'en empêcher coûte que coûte. Rendez-vous au numéro 52.

33

« J'AI GAGNÉ ! J'AI GAGNÉ ! s'écrie Marjorie, folle de joie. Nous l'avons ce fameux détecteur de monstre.

— Donne-le moi, je sais comment il marche, prétend Jean-Christophe en poussant sur l'interrupteur. Voilà ! » dit-il tandis que la petite machine s'illumine de lumières multicolores.

« Comment fait-on maintenant pour savoir où il se trouve, ce Docteur Vampire, lui demandes-tu, impatient de passer à l'action.

— C'est assez simple, précise-t-il. Il suffit de taper sur le clavier le mot "vampire" et c'est tout; le radar indiquera l'endroit précis où il se trouve.

— Alors vas-y ! Qu'est-ce que tu attends ? lui dites-vous à l'unisson.

— D'accord, je tape : V-A-M-P-I-R-E et j'appuie sur la touche " Activer ". » Soudain, les lumières se mettent à clignoter et le radar, à tournoyer. Après quelques tours, il s'arrête...

« LES MONTAGNES RUSSES ! Il indique les montagnes russes, répète Jean-Christophe en vérifiant l'angle du petit radar. Il faut retourner à l'entrée, *au numéro 10*. En passant par les montagnes russes, nous trouverons ce cadavre buveur de sang... »

Les murs de la tente sont recouverts d'une multitude de tissus aux étranges motifs. Une mosaïque de tapis guide vos pas jusqu'à une grande pièce. Vous regardez tout autour de vous : il n'y a personne. Au centre, une boule de cristal posée sur un autel vous renvoie les lueurs vacillantes des deux chandeliers qui éclairent l'endroit. Partout flotte l'odeur agréable de l'encens qui parfume l'air et vous enivre.

« Nous sommes sûrement sous la tente de la voyante du cirque, dit Jean-Christophe, qui s'arrête, frappé de stupeur, lorsque apparaît subitement une très vieille femme au visage voilé et au dos recourbé.

— Je m'appelle Ojoj Dravas, vous dit-elle de sa voix tremblante. Je suis la voyante aveugle... Je suis aussi cartomancienne, je peux lire dans le passé et prédire l'avenir. Pour connaître votre avenir TOURNEZ LES PAGES DU DESTIN... »

Si vous vous êtes arrêtés sur la carte de la mort, allez au numéro 83.

Et si vous êtes tombé sur la carte du vampire, HA ! HA ! HA ! Rendez-vous au numéro 27.

35

Les doigts crochus de sa main de pierre s'enfoncent dans ton bras, la douleur est vive. Il te soulève comme une vulgaire poupée de chiffon. Pris d'une indicible peur, tes amis ne peuvent que regarder, impuissants, l'énorme monstre te soulever pour te balancer au-dessus de sa bouche.

« Je ne peux pas laisser ce gros caillou stupide bouffer mon ami, se dit Marjorie. IL FAUT COMBATTRE LE FEU PAR LE FEU ! » crie-t-elle en empoignant une roche. Le dos courbé au maximum, la pierre entre les mains, les dents serrées de colère, elle s'élance de toutes ses forces et heurte de plein fouet le démon.

L'impact est d'une telle puissance que la tête du démon vole en poussière. Maintenant devenu une masse inerte, le monstre de roc lâche son emprise, et tu te retrouves sur le sol. Du trou béant laissé par sa répugnante tête de pierre s'écoule, comme d'un volcan, un jet continu de lave qui éclabousse ton jean.

« Merci... DAVID ! lances-tu à Marjorie en faisant référence à la légende de " David et Goliath ". Tu m'as sauvé, mais regarde mon jean ! Il est foutu ! Il est troué comme ceux des chanteurs rock...

— Les pertes sont minimes et, de toutes façons, je trouve que ça te va à ravir », te dit-elle en souriant.

Votre prochaine étape, le numéro 60.

Les toiles d'araignée, les arbres morts et dénudés, les chauves-souris qui virevoltent dans le ciel à demi éclairés par la lune, tout cela baignant dans un brouillard sinistre, donnent à cet endroit un air des plus lugubres.

« C'est un cirque ou un cimetière ? » demande Marjorie. Avec raison, car dans cet endroit si sombre et si macabre, quelques monstres horrifiants peuvent surgir à tout moment.

Le pavillon des jeux d'adresse est plutôt désert. Vous vous présentez au stand de tir. Le préposé, vieil homme rabougri au comportement bizarre, vous offre de tenter votre chance. Vous acceptez son invitation. Il vous conduit à l'intérieur d'un petit cubicule de bois et referme la porte. Surpris, vous vous retrouvez dans la noirceur totale.

L'ouverture aménagée pour les tireurs s'ouvre subitement, laissant pénétrer la lumière. Trois silhouettes armées de carabines émergent de l'ombre. La peau pâle, les yeux injectés de sang et les canines bien pointues, CE SONT DES VAMPIRES ! Vous êtes tombés dans un piège...

Pour éviter de servir de cible à ce jeu dangereux, vous devez fuir à tout prix, PAR LA PORTE ! Et vite...

TOURNEZ LES PAGES DU DESTIN... pour savoir si elle est verrouillée.

Si elle est verrouillée, un triste sort vous attend au numéro 9.

Si, par chance, elle s'ouvre, FUYEZ ! Sans jamais regarder en arrière jusqu'au numéro 59.

37

Vous vous hâtez vers le miroir qui, selon les indications inscrites sur le papier, comporte un passage secret. Vous examinez rigoureusement sa surface sans trouver quoi que se soit.

« Je sens que ça va chauffer si nous ne trouvons pas ce fichu passage, dis-tu à tes amis en palpant un peu partout autour de toi. Il y a sûrement un quelconque mécanisme caché quelque part. »

Pendant que vous vous affairez à chercher le passage, le bouffon cracheur de feu gonfle ses joues et souffle vers vous une boule enflammée qui passe tout près de toi et fracasse le miroir qui cachait le mystérieux passage. CRAAAC ! Sans hésiter, vous vous engouffrez dans la brèche qui ressemble à une bouche énorme à cause des bouts de verres brisés en forme de dents qui pendent à l'entrée. Après une brève course dans les dédales obscurs du passage, vous vous retrouvez loin du danger, dans une autre partie du labyrinthe.

« Vous avez vu ! On s'en est très bien tiré, s'exclame Marjorie contente d'être sortie de ce mauvais pas. Rien ne peut nous arrêter, nous, LES TÉMÉRAIRES DE L'HOR-REUR. Où est-il ce vampire de malheur, il n'a pas fini avec nous, ça va être sa fête...

— Oui, mais en attendant, je crois que TU BRÛLES ! lui cries-tu.

— Je brûle ! Tu veux dire qu'il est tout près... OÙ EST-IL ? OÙ EST-IL ? hurle Marjorie en cherchant tout autour d'elle le Docteur Vampire. Dis-moi où il est !

— Non, c'est ta casquette qui brûle, petite idiote ! lui réponds-tu. VITE ! ENLÈVE-LÀ...

— AÏE ! crie-t-elle en lançant sa casquette par terre. Il a fait flamber ma casquette neuve, cet imbécile de clown, ajoute-t-elle en la regardant se consumer dans un coin.

Maintenant, marchez jusqu'au numéro 19.

38

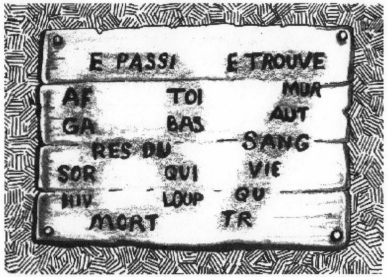

Examine bien cette image. Cette pancarte t'indiquera le numéro qui te conduira loin de l'homme-crocodile. Par contre, si tu ne réussis pas à la déchiffrer, rends-toi au numéro 66.

39

« Attendez ! s'exclame Jean-Christophe en fouillant dans son sac à dos pour en ressortir... de l'ail. TIENS, SALE MONSTRE ! Renifle ça et disparaîs, crie-t-il en tournant la grappe de gousse d'ail au-dessus de sa tête afin d'en parfumer l'air de son odeur forte et si repoussante pour un vampire.

— C'est inutile, je ne suis pas un vampire, je ne suis

qu'un zombi qui a perdu la tête, répond le clown. Je ne suis nullement affecté par l'ail, il me donne plutôt une envie terrible : celle de manger du spaghetti aux vers de terre, **GRRRRRRRR !**

— Eh-eh bien, attends un-un peu, da-dans ce cas je voudrais te proposer un marché, bégaies-tu au zombi pour gagner du temps. Si tu nous laisses passer, je promets de t'inviter à souper un soir de pleine lune chez moi. Ma mère fait un excellent spaghetti. Un zombi à dîner, ça serait loin d'être banal...

— **HAAA-HAA-HA !** Je dois refuser cette alléchante invitation, répond le zombi de sa voix caverneuse, **EURRRH** car, vois-tu, je préfère manger... DE LA CHAIR HUMAINE !

— ALORS, TANT PIS POUR TOI ! » hurle Marjorie, qui pendant que tu discutais avec le clown-zombi en a profité pour se glisser près de lui afin d'expédier, d'un coup de pied rapide et précis, la tête du monstre dans une poubelle quelques mètres plus loin.

« OUI ! crie-t-elle, fière d'avoir mis le zombi K.-O. Au soccer, je suis la meilleure de ma classe. Le pointage après quelques minutes de jeu : les Téméraires de l'horreur, " un ", et le Docteur Vampire et toute sa bande de dégoûtants mutants, ZÉRO... OUUUAIS ! »

Devenu impuissant, le zombi s'éloigne les bras levés en cherchant désespérément son horrible tête.

Vous le regardez tituber et tomber dans l'herbe haute avant de vous diriger vers le grand chapiteau, qui se trouve au numéro 32.

40

Quel malheur, elle vous a attrapé, pas avec ses mains répugnantes cependant, mais plutôt avec son corps gélatineux et purulent. Collés à sa peau par les pustules visqueuses, vous vous engloutissez peu à peu au son de sa digestion dans ses bourrelets de chair et de graisse en décomposition. Vous faites maintenant partie de la femme-zombi la plus grosse du monde, qui est aussi...LA FEMME DU DOCTEUR VAMPIRE !

FIN

41

Vous continuez votre marche pendant des heures sans trouver la sortie de cet immense labyrinthe. « Y en a-t-il une, vous demandez-vous ». Votre inquiétude augmente. Par terre, les squelettes qui jonchent le plancher ne sont guère rassurants. Devant vous, l'interminable corridor de miroirs semble refléter le sourire narquois du Dr Vampire.

VOUS ÊTES PERDUS ! Impossible de savoir l'heure qu'il est. Pendant des jours et même des semaines, vous ne savez plus trop, vous errez sans fin entre les miroirs qui vous renvoient votre reflet vieillissant. Oui votre reflet, votre seul compagnon pour l'éternité.

FIN

42

Sans hésiter, tu prends le chandelier, que tu allumes avec les allumettes qu'il y avait tout près. La lueur des chandelles te fait découvrir un étroit passage qui servira à votre fuite. Vous progressez dans un tunnel exigu, dans lequel coule une eau glauque. Quelques sangsues se collent à vos chevilles et vous sucent le sang.

« LÂCHEZ-MOI, ESPÈCES DE MINI-VAMPIRES ! » s'écrie Marjorie en exécutant quelques pas de danse pour se débarrasser de ces vilaines bestioles.

Vous continuez votre marche dans l'obscurité chargée de poussière que la lueur du chandelier arrive à peine à percer. Un peu plus loin, le tunnel débouche sur un escalier de bois pourri qui tourne en colimaçon. Son ascension ne se fait pas sans difficulté. Chaque pas sur ces marches délabrées est une aventure et demande mille précautions.

Tu passes près de tomber lorsqu'une chauve-souris qui était accrochée au plafond s'envole et s'engouffre dans la noirceur. Tout en haut, une lourde porte aux gonds crasseux s'ouvre sur une grande salle. Sur les murs, des tableaux sur lesquels sont peints toutes sortes de monstres horribles. Devant l'un d'eux, un visiteur immobile semble hypnotisé par le fascinant portrait.

Allez maintenant au numéro 50.

43

« Dans le fond de la pièce se trouvent des sarcophages ; allons nous y cacher...

— VITE ! » s'écrie Jean-Christophe en s'y dirigeant promptement.

Sans prendre le temps de savoir s'il était déjà occupé, tu te couches dans le cercueil. L'air y est insupportable. Couvert de sueur, le coeur battant à tout rompre, tu finis par t'évanouir.

Plus tard, tu te réveilles. Tu es toujours à l'intérieur du sarcophage. Tu demeures immobile quelques instants pour écouter. Plus rien. Le zombi semble s'être retiré, probablement vers sa tombe ou son infecte sépulture.

En soulevant doucement le couvercle, tu constates en effet que le monstre a disparu. Soulagé, tu remarques par contre que tu es un peu serré dans tes vêtements... Tu découvres avec horreur que tu es complètement drapé dans des bandelettes de tissu blanc. Oui, pendant que tu étais inconscient, les monstres t'ont transformé en... MOMIE !

Depuis cette soirée funeste, il y a une nouvelle attraction au cirque du Docteur Vampire. Les gens d'un peu partout à travers le monde viennent pour vous voir, vous trois... LES JEUNES MOMIES !

44

« NYAAAAAARGH ! »

Un cri horrible se fait entendre et vous saisit de peur. Vous faites un rapide tour d'horizon, mais vous n'apercevez pas la créature susceptible d'avoir fait ce cri. Sur les dalles de pierres, il y a cependant quelques gouttes de sang vermillon... LE SANG D'UNE AUTRE VICTIME ! Si minces que soient vos chances de réussir, vous poursuivez votre chasse aux vampires.

Tout près sur le sol, un papier qui virevolte au vent attire ton attention.

« Il y a quelque chose d'écrit sur ce papier, dit Jean-Chistophe en le prenant du bout des doigts. En effet, c'est un message de détresse » ajoute-t-il.

Suspendus à ses lèvres, vous écoutez.

« Le Docteur Vampire m'a enlevé, venez me secourir, sinon il boira mon sang ce soir à minuit sous le grand chapiteau. Pour vous y rendre vous devez passer par les montagnes russes ou la maison hantée. Faites bien attention, il n'est jamais seul.

— Nous ne sommes pas sur la bonne route, s'exclame Jean-Christophe. »

VITE ! Il vous faut retourner à l'entrée au numéro 10 et recommencer afin de sauver cette malheureuse...

Le terrain descend en pente douce et vous pousse à marcher rapidement. Vous longez la clôture rongée par la moisissure de l'enceinte. Ton pied heurte soudainement quelque chose.

TCHOP !

Tu te retournes. Dans l'ombre, deux paires d'yeux lumineux sont fixés sur toi. Un frisson d'horreur te parcourt le corps.

« Qu'est-ce que c'est ? demandes-tu sans t'attendre à recevoir une réponse. Deux monstres féroces peut-être ? »

Tu te rends soudainement compte qu'il s'agit non pas de deux monstres, mais d'un seul, UN CHIEN À QUATRE YEUX. Ce chien-mutant est le fruit d'une expérience diabolique du Docteur Vampire. La pauvre bête semble avoir aussi peur que vous. Elle s'approche en gémissant. Marjorie lui caresse la tête de la main.

« Qu'adviendra-t-il de lui si nous réussissons à anéantir ce savant fou ? demande-t-elle en abandonnant le triste animal à son sort.

— Si nous réussissons, tous les animaux de ce cirque retrouveront leur apparence normale, affirme avec certitude Jean-Christophe. Mais le maître vampire doit absolument être éliminé... »

Vous reprenez le raccourci qui vous ramène à nouveau à l'entrée, au numéro 10.

46

Après tout ce trajet périlleux et ce long tunnel souterrain, vous vous retrouvez encore une fois au pavillon des jeux d'adresse. Vous en profitez pour faire le tour des différents kiosques, en quête d'information pouvant vous aider à trouver le Docteur Vampire.

« Voyons voir, qu'est-ce que nous pourrions tenter de gagner, te demandes-tu en examinant les étagères de prix. Des ballons ? Des oursons en peluche ?...

— NON ! Pas d'oursons en peluche, ça me rappelle trop de mauvais souvenirs, s'écrie Marjorie qui les a en horreur depuis votre dernière aventure.

— Tiens ! Regardez tout près des figurines des QUATRE TORTUES COMBOYS, il y a une étrange petite machine munie d'un radar. Qu'est-ce que c'est au juste que ce bidule ? demandes-tu à Jean-Christophe, les yeux agrandis par ta trouvaille.

— C'EST UN DÉTECTEUR DE MONSTRE ! Depuis le temps que j'en cherche un, s'exclame-t-il, il nous le faut absolument. Avec cet appareil, nous pourrons savoir exactement où se trouve le Docteur Vampire.

Mais pour gagner ce petit trésor, il faut jouer, et pour jouer, tu dois te rendre au numéro 61.

Le monstre se rapproche. Étant donné la pénombre et les miroirs qui déforment sa silhouette, il vous est difficile de savoir à qui vous avez affaire. Mais son image ne demeure pas floue très longtemps. Non, il bondit sur vous dans un fracas épouvantable. Le choc est si rude que vous tombez tous les trois à la renverse. **BLAAANG !** Sur le sol, tu pousses un cri d'agonie.

En te tournant la tête d'un côté et de l'autre, tu cherches à recouvrer tes esprits. Devant vous, il se dresse, gueule ouverte et bras tendus, prêt à attaquer de nouveau. Cette fois-ci, c'est sérieux. Vos chances de vous en sortir sont plutôt faibles. C'est un homme-crocodile qui vous attaque. Ses dents acérées peuvent vous blesser grièvement. Sa peau est si dure que vous ne pouvez rien contre une telle armure.

Au moment où tu t'apprêtes à te relever, tu remarques sur le mur une pancarte indiquant une sortie, une fuite possible de cet enclos de verre. Rongée par le temps et la moisissure, elle est cependant incomplète. Mais si tu réussis à déchiffrer tout de même son message, elle t'indiquera le chemin qui vous conduira loin de ce monstre.

Rends-toi au numéro 38.

Vous n'avez pas trouvé le chandelier ? Quel dommage... Maintenant vous n'avez plus le choix, vous devez confronter l'homme-serpent.

Sans attendre et avec l'énergie du désespoir, vous lui lancez tout ce qui vous tombe sous la main : un os, une vieille chaise brisée, une statuette de vampire, des vieux bouquins, un chandelier... UN CHANDELIER ?

« Mais où étais-tu tout à l'heure ? » lui demandes-tu comme s'il allait te répondre. Comme il est désormais inutile, tu le lances près du monstre où il se brise en plusieurs morceaux.

Vous tentez de prendre la fuite, mais avant de pouvoir faire le moindre geste, tu sens une vive douleur à la jambe... LE MONSTRE T'A MORDU !

Selon toute vraisemblance, il a injecté dans ton sang un venin qui commence rapidement à circuler dans tes veines. À la place d'un cri de douleur, un sillement strident sort de ta gorge. Apparemment, sa morsure n'était pas mortelle. Le venin a tout simplement le même effet que la potion maléfique du savant fou. Peu à peu, tu auras complètement mué en serpent. Tu seras devenu par le fait même, une autre victime du CIRQUE DU DOCTEUR VAMPIRE...

FIN

49

QUELLE MALCHANCE ! Vous ne l'avez pas trouvée. L'araignée se rapproche de plus en plus en brandissant ses mandibules pointues et répugnantes. Vous inspectez encore une fois les lieux. Vous n'avez pas d'autre solution. Vous devez, en vous élançant de toutes vos forces vers la toile, tenter de la déchirer d'un solide coup d'épaule.

« À trois, nous y allons tous ensemble », s'écrie Marjorie.

Et dans un élan de désespoir, vous vous élancez sur la toile qui résiste malgré votre effort. Agglutinés dans la toile visqueuse, vous ne pouvez plus vous dégager.

L'araignée géante se rapproche, se rapproche... Inlassablement elle file, ourdit et tisse autour de vous sa toile jusqu'à ce qu'elle vous ait enveloppé dans d'immenses cocons avant de disparaître dans l'obscurité.

Les heures passent avant que des battements d'ailes étouffés se fassent entendre. Comme dans un cauchemar, une silhouette apparaît et s'avance, devenant une trop certaine réalité. Les dents qui brillent dans la noirceur trahissent son identité. L'araignée vous avait préparé comme repas pour le... DOCTEUR VAMPIRE !

FIN

50

Curieusement, sur chacun de ces portraits, les personnes qui y sont dessinées ont le teint anormalement pâle et les canines un peu trop protubérantes. Il n'en faut pas plus à Jean-Christophe pour découvrir dans quel endroit sordide vous êtes tombés... « SAPRISTI ! Nous sommes dans la galerie des tableaux-vampires !

— Vous ne devez à aucun moment regarder les yeux des vampires de ces peintures, insiste-t-il, car ils vous hypnotiseraient pour ensuite vous vider de toute votre énergie vitale. Regardez ! Ce visiteur n'est maintenant plus qu'un squelette desséché... »

En effet, devant le tableau, l'homme n'est plus qu'une carcasse desséchée, qui, tout à coup, s'effondre et tourne en poussière. Il vous faut à tout prix sortir d'ici et vite, car si tes yeux croisent le regard d'un vampire sur une des peintures... TU SUBIRAS LE MÊME SORT !

Dans un coin, près d'un immense tableau représentant toute une dégoûtante famille de suceurs de sang, se trouve une porte. C'est la seule sortie hors de ces murs menaçants. Espérons qu'elle n'est pas verrouillée.

TOURNE LES PAGES DU DESTIN... afin de le savoir.

Si elle n'est pas verrouillée, sauvez-vous au numéro 14. Mais, si par malheur, elle est fermée à clé, rendez-vous au numéro 74.

51

Vous vous précipitez hors des murs du temple. Les vampires font un bond prodigieux, vous barrent la route et pointent dangereusement leurs canines vers vous. Une peur impossible à dissimuler vous étrangle.

Dans un sursaut de courage, tu leur lances la pièce de bois enflammée qui te servait de torche. Le feu embrase aussitôt les vêtements d'un des vampires qui se met à hurler d'agonie.

HRUHHHHHH!

Vous profitez de la confusion pour vous cacher dans un abri précaire : une crevasse !

La puanteur âcre du corps en flammes vous prend à la gorge. La fumée qui commence à s'accumuler se fait si dense que vous arrivez à peine à voir autour de vous. Les vampires pris de panique volent dans tous les sens. Affolé, l'un d'eux s'envole et heurte de plein fouet le pilier central qui soutenait toute la voûte. Tout s'effondre. **BRRRRRRRRRROOUUMM!** Pour toi et tes amis, c'est une triste...

FIN

52

Une chauve-souris géante entre soudain dans la grande tente et se pose tout en bas des gradins où vous êtes.

« C'est lui, j'en suis sûr, murmure Jean-Christophe en fouillant dans son sac à dos. Regardez à son cou, il porte la moitié d'un médaillon. Le fameux médaillon d'Amon-Râ, le dieu égyptien du soleil. Et moi, regardez, j'ai l'autre moitié, ajoute-t-il en exhibant un demi médaillon en forme de soleil.

— Mais comment as-tu pu savoir pour ce collier ? lui demandes-tu.

— J'ai tout ce qu'il faut dans mon sac à dos, te répond-t-il. Ail, eau bénite, balle d'argent, TOUT ! Il suffit de coller cette partie du pendentif à l'autre. Lorsque les deux pièces seront réunies, le collier dégagera une lumière si vive qu'elle détruira le vampire en le désintégrant.

— Mais tu es fou ! Comment allons-nous nous approcher de ce monstre ? demandes-tu. Je crois que nous devrions aller voir la police. Avec tous les renseignements que nous avons amassés, ils pourront s'occuper du Docteur Vampire et de ses acolytes.

— NON ! demain matin il sera trop tard, il auront quitté la ville. Il nous faut agir tout de suite... »

Allez au numéro 93.

53

Le tigre-pieuvre ne vous a pas attrapé, mais il a entrepris de vous pourchasser dans le cirque jusqu'à ce qu'il assouvisse sa faim de chair fraîche.

Tu cours parmi les différents kiosques, mais tu t'arrêtes subitement devant l'un d'eux.

« VOUS AVEZ DE LA MONNAIE ? Donnez-moi votre monnaie vite, ordonnes-tu d'un ton pressé.

— MAIS T'ES DINGUE ! CE N'EST PAS LE TEMPS DE MANGER DES HOT-DOGS ! Le monstre est tout près, te crie Jean-Christophe exaspéré, que tu agrippes au vol pour lui prendre ses sous. D'accord, tiens voilà mon argent, te lance-t-il, qu'est-ce que tu vas en faire ? »

Avec l'argent, ce n'est pas des hot-dogs que tu achètes, mais des pétards. Quatre paquets de gros pétards que tu lances aussitôt allumés entre les tentacules du tigre-pieuvre. Le résultat ne se fait pas attendre. Le monstre croyant recevoir quelques saucisses bien « épicées », avale le tout sans se douter de rien.

BOOOOUUUM !

Comme tu l'avais prévu, l'explosion détruit sur le coup le monstre, ne laissant qu'une carcasse d'où s'écoule un répugnant liquide verdâtre.

Vous enjambez avec dégoût les restes fumants de la bête mutante pour vous rendre au numéro 62.

C'est vrai qu'il était difficile de le dénicher parmi la foule. Mais contrairement à vous, lui, il vous a bien vu. Vous partez à courir. Sans regarder en arrière, vous traversez d'un bout à l'autre le parc d'attractions. En contournant l'un des kiosques de souvenirs, vous apercevez une brèche dans la clôture.

De l'autre côté, une vaste forêt d'arbres géants. Jamais personne n'a osé y pénétrer, car on s'y perdrait à coup sûr. Mais avec le Dr Vampire à vos trousses, vous n'avez pas le choix. Sans en calculer le risque, vous vous y engouffrez jusqu'à ce que vous soyez vraiment... PERDUS !

Quelques années plus tard, cette forêt est surnommée « LA FORÊT DES ARBRES PLEURNICHEURS », car on raconte que par certaines nuits, lorsque le vent se calme, on peut entendre les plaintes des trois Téméraires de l'horreur, toujours égarés depuis cette soirée fatidique... où LE CIRQUE DU DOCTEUR VAMPIRE était en ville !

55

Lorsque tu te relèves, tu te rends compte que vous vous retrouvez juste en face de la file d'attente pour « LE TOURBILLON », une sorte de manège complètement débile qui tourne si vite que vous pouvez en perdre... VOTRE PANTALON !

Observez bien ce groupe de personnes, et puis rendez-vous au numéro 77.

56

Tu prends le flacon. Hésitant, tu ôtes le bouchon de liège. Son odeur légèrement citronnée est peut-être un bon signe. Tu te verses quelques gouttes dans la bouche. La réaction est immédiate... DES POILS COMMENCENT À POUSSER !

Tremblante de peur, Marjorie et Jean-Christophe reculent vers la porte. Dans un sursaut de courage, tu cries à tes amis de s'en aller.

« NON ! Nous ne pouvons pas te laisser ainsi, proteste Jean-Christophe, qu'un frisson traverse de la tête aux pieds.

— PARTEZ ! Laissez-moi pendant qu'il en est encore temps. FUYEZ ! Avant que je devienne entièrement un... LOOOOUUUUUP-GAROUUUUUUUU !

57

Sans hésiter, tu prends le paquet de gommes tout en te disant que si la clef n'était pas cachée dans ce paquet, au moins vous auriez quelque chose à vous mettre sous la dent.

« OUCH ! » lances-tu en regardant ta main qui saigne abondamment. Tu viens de te faire mordre par un serpent qui était caché près du comptoir. Le visage grimaçant de douleur, tu te demandes si sa morsure est mortelle. La réponse ne tarde pas à venir. Affaibli par le venin, tu tombes sur le dos. Il fait soudainement très noir, très très noir...

FIN

« Je commence à être inquiet, dit Jean-Christophe en voyant le clown jongleur s'immobiliser. OH ! OH ! Je crois qu'il va nous lancer sa tête répugnante et pleine de vers... »

Comme Jean-Christophe l'avait anticipé, le clown se positionne comme le fait un joueur de bowling et lance sa tête. Elle roule jusqu'à toi. Tu fais un bond en arrière, mais trop tard, la tête s'arrête et te mord la cheville sans lâcher prise. Tu ressens un étrange picotement monter dans ta jambe. Sa morsure est venimeuse. Peu à peu, tout devient flou, tu perds conscience...

Plus tard, tu ouvres les yeux en criant, car à ton grand étonnement, tu te retrouves sur un lit d'hôpital.

« QU'EST-CE QUI S'EST PASSÉ ? Pourquoi suis-je ici ? OÙ SONT MES AMIS ? demandes-tu à voix haute.

— Tout va bien, nous a confié le docteur, te dis ta mère. Nous pouvons rentrer à la maison maintenant, à la condition que tu boives chaque jour ton verre de sang. »

Toi ! Le petit vampire que tu es devenu...

« OUF ! La porte s'ouvre, soupire Marjorie. Il s'en est fallu de peu. »

Un passage souterrain d'aspect sinistre s'ouvre devant vous. Le tronçon de la galerie est heureusement éclairé. Une torche soutenue au mur par une main squelettique fait danser ton ombre sur le sol qui descend en pente douce. Le silence est inquiétant. Tu saisis un bout de bois qui te servira de flambeau. Sa lueur ondulante guide maintenant tes pas.

Un peu plus loin, le passage débouche sur une immense grotte humide et très sombre dominée par les vestiges d'un vieux temple en ruine. Dans un coin, trois cercueils en bois vermoulu sont disposés pêle-mêle.

En passant près d'une colonne fissurée, Marjorie heurte accidentellement une pierre qui était en équilibre précaire. La pierre glisse et frappe de plein fouet un pilier qui s'effondre dans un fracas épouvantable.

BROOOOUMMMM !

Réveillés par le vacarme, trois vampires bondissent hors des cercueils.

« SAPRISTI ! CE SONT LES VAMPIRES DE L'ARCADE DE TIR... t'écries-tu, la bouche asséchée par la poussière. Et ils nous regardent comme si nous étions... des « SANG-WICHS ».

Courez vite au numéro 23.

Dans le second kiosque, parmi tout un assortiment de dégoûtantes friandises, une clef a été cachée. Cette clef vous permettra d'accéder à la partie du cirque interdite aux visiteurs. Essaie de trouver cette clef en choisissant parmi les trois friandises.

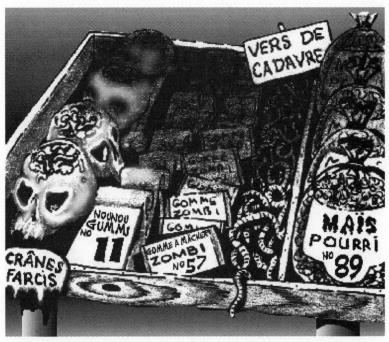

Rends-toi au numéro inscrit sur celle que tu auras choisie...

61

« À QUI LE TOUR ? QUI VEUT JOUER ? APPRO-
CHEZ ! hurle le bouffon grossièrement maquillé. C'est
simple comme tout, un simple coup de dé. Il suffit de me
battre pour choisir parmi ces merveilleux cadeaux... À
QUI LE TOUR ? APPROCHEZ...

— Marjorie, vas-y ! Tu as toujours eu beaucoup de
chance à ce jeu, la supplie son frère. Un coup de dé, et le
détecteur de monstre est à nous...

— Je ne suis pas sûre, marmonne-t-elle, j'ai peur qu'il
y ait un piège. C'est connu, ces jeux sont des attrape-
nigauds. Et si je perds, que va-t-il m'arriver ? Un vampire
viendra me sucer le sang. Des zombis feront de moi une
morte vivante ou encore, un fantôme viendra me hanter la
nuit... »

Persuadée par son frère que ses chances de gagner sont
plus que bonnes, Marjorie accepte de jouer une partie
contre le bouffon.

*Pour savoir si Marjorie remportera la partie, tu dois
TOURNER LES PAGES DU DESTIN... deux fois. La première fois pour le bouffon. La seconde fois, pour Marjorie.
Le coup de dé de Marjorie doit être supérieur à celui du
bouffon.*

Si Marjorie a remporté la partie, allez au numéro 33.
*Mais si, par contre, le coup de dé du bouffon est supérieur
à celui de Marjorie, il ne vous reste plus qu'à retourner tous
les trois chacun chez vous, car il est maintenant
trop tard pour agir. Partez au numéro 85.*

62

Près des cages des animaux mutants du cirque, une voix vous appelle, qui semble provenir de l'une d'elles.

« NON ! Je ne peux le croire. Quelqu'un est enfermé dans l'une de ces cages », t'écries-tu en t'y dirigeant promptement.

Devant la cage en question, la réalité est toute autre. Avez-vous la berlue ? Pourtant non ! C'est... UN OURS SAVANT QUI PARLE... Et il vous fait part de sa triste histoire. Tout jeune, il a été transformé par l'horrible Docteur Vampire. « Ce savant est complètement fou, vous confie-t-il, faites très attention.

— Comment a-t-il fait pour t'apprendre à parler ? lui demandes-tu. Quelle espèce de potion t'a-t-il fait boire pour te donner l'usage de la parole ?

J'ai toujours parlé, te révèle-t-il. La potion qu'il m'a fait boire m'a transformé en ours. Avant, j'étais comme vous... une personne tout à fait NORMALE ! »

Le Docteur Vampire ne perd rien pour attendre.

Retournez à l'entrée au numéro 10. Cherchez-le bien.
N'oubliez pas... VOUS ÉTIEZ SUR LA BONNE VOIE...

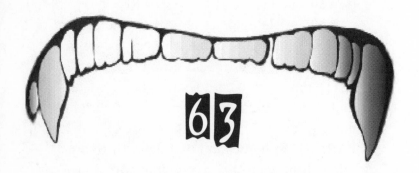

Un de ses tentacules s'enroule immédiatement autour de ta jambe. Désespérément, tes amis tentent de te retenir mais le tigre-pieuvre les attrape eux aussi. Il vous tire irrémédiablement vers sa gueule béante... pour assouvir sa...

64

La clef demeure introuvable. Devant vous, le vieil homme tout ratatiné n'a pas l'intention de vous laisser une seconde chance. Il allume une sorte de pétard qu'il lance aussitôt dans votre direction. Une fumée suffocante s'en dégage. Tu te sens si étourdi que tu t'évanouis.

Plus tard, tu te réveilles. Combien de temps a passé ? Des minutes ? Des heures ? Peut-être plus... Tu ouvres les yeux, mais c'est inutile, il fait trop noir. Étendu sur le dos, tu palpes autour de toi. Tu es dans une sorte de caisson de bois. Tu pousses et tu pousses... Les planches pourries finissent par céder. Avec tes mains, tu chasses la terre jusqu'à la surface.

Enfin les étoiles et la lune apparaissent et éclairent ton corps rongé par les vers et qui empeste la moisissure. Avec tes muscles pourris, tu as pu regagner le monde des vivants... OUI ! TOI, LE ZOMBI...

FIN

Dans les gradins, une étrange silhouette vient de se glisser dans la foule. C'est LE DOCTEUR VAMPIRE !

Tu as intérêt à le trouver, sinon ça pourrait mal se terminer.

Si tu le trouves, rends-toi au numéro 6. Si, par contre, tu n'as pas réussi à le dénicher, va au numéro 54.

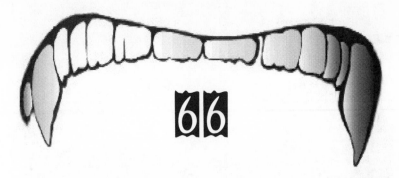

66

Voyant que vous n'avez pas réussi à déchiffrer le message inscrit sur la pancarte et que, par conséquent, vous ne pouvez plus fuir, le monstre fouette l'air de sa queue et souffle les bougies qui éclairaient l'endroit. Plongés dans l'obscurité, vous demeurez immobiles. Tu sens tout à coup ses bras écailleux contourner ton corps et rendre toute fuite impossible.

Au cirque du Docteur Vampire, ce ne sont pas les montagnes russes qui sont le manège le plus effrayant : c'est plutôt l'endroit où vous êtes maintenant, entre les crocs affûtés de... L'HOMME-CROCODILE !

FIN

Vous l'avez trouvé. Un simple coup de pied sur le filament brisé, et toute la toile s'affaisse, vous ouvrant ainsi le chemin. Vous fuyez à toutes jambes jusqu'à une grande pièce que Marjorie éclaire de sa lampe de poche.

« Qu'est-ce que c'est que ce bric-à-brac ? demande-t-elle en apercevant tout un tas d'objets hétéroclites entassés dans un des coins sombres de la pièce.

— CE SONT DES SARCOPHAGES ! t'exclames-tu. Je déteste les momies. Avec leur odeur répugnante et leur démarche titubante, je les ai en horreur.

— Ne t'en fais pas, à part l'odeur de moisissure infecte qui s'en dégage, nous n'avons rien à craindre : ces tombes sont vides, souligne-t-il en refermant le couvercle.

— C'est absurde, ce que tu dis ! Si les momies ne sont pas dans leur tombeau, ça veut probablement dire qu'elles errent dans la maison hantée, lui réponds-tu.

— Ne vous en faites pas, s'exclame Jean-Christophe. J'ai apporté ma toute dernière invention... LE DÉTECTEUR DE MONSTRE ! Je n'ai qu'à régler le

cadran sur " MOMIE ", et lorsqu'il y aura un de ces monstres dans les environs, le détecteur nous avertira en émet-
tant un rot.

— UN ROT ! t'exclames-tu, surpris. Tu veux dire que
ton bidule va roter lorsqu'il y aura une momie près de
nous. Tu aurais pu installer une sonnerie un peu moins
idiote genre BIP BIP.

— Je l'ai fabriqué à partir d'une vieille poupée qui
appartenait à ma soeur, précise-t-il. Le fonctionnement
est assez simple. Pour une momie, l'appareil émet un rot.
Pour un vampire, il nous avertit en disant DODO, et
cetera... C'est peut-être pas " de première classe ", mais au
moins ça fonctionne.

— C'est pas sérieux, ton invention, lui fais-tu remarquer ; tu aurais dû prendre autre chose qu'une poupée; un
petit camion de pompier, par exemple. »

Tout à coup, son détecteur de monstre émet un curieux
son : OUIN ! OUIN !

« TA MACHINE ! s'écrie Marjorie, ton machin dit
OUIN ! Qu'est-ce que ça veut dire ?

— Cela veut dire qu'un zombi n'est pas loin », répond-
il en regardant l'avertisseur de sa curieuse invention.

Allez au numéro 16.

Plus vous vous engouffrez profondément dans la maison hantée, plus elle vous semble lugubre, tantôt habitée par une multitude de rats, tantôt traversée par des silhouettes d'allure fantomatique. En plus, par terre, à plusieurs endroits, des flaques d'un liquide visqueux, sans doute de la bave, trahissent la présence de monstres quelconques.

Vous empruntez un couloir que la moisissure a commencé à ronger et qui vous conduit à la cave. Au centre, dans une pièce très faiblement éclairée par la lueur d'une bougie, se trouve une tombe, toute noire, couverte d'arabesques et de dessins de chauves-souris. Il n'y a aucun doute, il s'agit bien de celle que tu as aperçue lors du défilé.

C'EST LA TOMBE DU DOCTEUR VAMPIRE, mais elle est vide. Sur le sol, des programmes annoncent les différentes attractions du cirque. Sur la première page, il est mentionné que ce soir, à minuit ! précises, le Docteur Vampire donnera un spectacle sous le grand chapiteau.

« Nous le tenons ! lances-tu. Nous savons maintenant où il se trouvera ce soir à minuit. Il suffit de trouver le grand chapiteau. Je sais maintenant que nous devons passer par LE LABYRINTHE DE MIROIRS ou par LES MONTAGNES RUSSES... »

Retournez à l'entrée, au numéro 10. Il ne faut pas vous décourager, vous finirez bien par le retrouver...

« OUAIS ! Sensationnel, quelle balade ! J'aime bien ces EMÔTNAF ! s'écrie Marjorie, encore tout étourdie.

— REGARDEZ LA PORTE ! leur montres-tu.

— Oui ! Ils nous ont reconduits tout près de la sortie ! Nous pouvons sortir maintenant et continuer à chercher ce Docteur Vampire », poursuit Jean-Christophe, bien résigné à aller au fond de cette histoire.

Au moment même où vous vous apprêtez à quitter les lieux, un homme curieusement vêtu passe tout près du labyrinthe... Vous remarquez aussitôt que les miroirs ne renvoient pas son image. « C'EST LUI ! C'EST LUI ! »

Vous avancez à pas de loup dans sa direction. Cependant, comme une chauve-souris, le Docteur Vampire est doué d'un sens qui le prévient d'un danger imminent. Sans attendre, il se transforme sous votre regard médusé en une multitude de rats dégoûtants qui s'enfuient dans plusieurs directions.

COUIC ! COUIC ! COUIC !

Vous êtes passés très près de l'attraper.

Retournez à l'entrée, au numéro 10, où plusieurs personnes disent avoir aperçu quelques rats répugnants sillonner les tentes et les kiosques près des jeux d'adresse et des montagnes russes. C'EST SANS DOUTE LUI !

70

Comme vous n'avez pas découvert l'identité du zombi, il ne vous reste plus qu'à tenter de fuir, et vite ! Dans cette partie du cirque où vous courez, il fait affreusement noir. Le brouillard qui recouvre le sol s'écarte sous chacun de vos pas. Un chat de gouttière affamé fouille dans une poubelle près de vous et en retire une repoussante substance pleine d'asticots qu'il se met à dévorer avec délectation.

BEURK !

Tu te retournes pour constater que, malheureusement, le zombi est toujours à vos trousses et que maintenant il a enlevé le masque qui lui donnait une apparence humaine. Quel horrible visage ! Dans tes pires cauchemars, tu n'as pu imaginer un être si immonde. Les yeux vides et sans vie, le visage à demi corrompu.

Il dégage une odeur si effroyable qu'elle te remplit de dégoût. De sa démarche titubante, il se rapproche. Mais comble de malheur, alors que vous vous apprêtez à disparaître entre les roulottes des forains, un épais nuage traverse le ciel et cache complètement la lune qui éclairait faiblement le cirque de ses rayons bleutés. Tu ne vois plus rien, car il fait maintenant très noir. Quelqu'un te prend par le bras... C'EST LE ZOMBI !

71

« Si les gens ont pu quitter sans problème, nous le pouvons nous aussi, » te dis-tu. Mais cette fois-ci... LES ZOMBIS VOUS ONT VUS !

Vous avez fait le mauvais choix ! Ils avancent vers vous en se léchant les babines avec leur dégoûtante langue verte... Vous regardez tout autour de vous : personne pour vous aider.

Malheureusement votre histoire est arrivée à sa...

FIN

Vous progressez lentement dans ce monde de noirceur jusqu'à un embranchement. Les deux chemins semblent aussi dangereux l'un que l'autre. Il te faut cependant choisir.

Rends-toi au numéro inscrit sur celui que tu auras choisi...

73

Le message reste mystérieux. Ainsi, vous devez faire face au clown diabolique ou essayer de fuir en courant dans le couloir. Un large sourire se dessine sur le visage grossièrement maquillé du monstre tandis qu'il s'apprête à souffler vers vous un jet de feu puissant. Devant vous, le corridor semble maintenant être votre seule solution. Vous vous précipitez vers ce qui semble être votre seule planche de salut.

Vous faites tous les trois un bond vers la gauche afin de contourner le clown cracheur de brasier pour vous élancer à toutes jambes dans le corridor. Au même instant, il souffle une flamme qui court le long des miroirs à une vitesse vertigineuse. Tu cours désespérément, mais le grondement des flammes se fait plus menaçant. L'étreinte du feu t'inflige une douleur atroce. Tu respires avec difficulté. Tu ouvres les yeux et tu secoues la tête. Que t'est-il arrivé ?

Le feu a complètement brûlé ton sac à dos et la chaleur te fait affreusement mal. Sans hésiter, tu jettes par terre les restes calcinés de ton sac. Juste devant toi, au travers des flammes qui crépitent, le clown réapparaît. Tu ne peux plus fuir... TU ES CUIT !

FIN

74

Un silence de mort règne dans la pièce quand vous constatez avec colère que la porte est verrouillée. L'escalier ? PAS QUESTION ! Il risque de s'affaisser à tout moment.

« Laissez-moi faire, je vais l'ouvrir, dit Marjorie, exhibant avec fierté son couteau suisse. Il contient une variété d'outils : un tournevis, une paire de ciseaux, un crochet, un téléviseur...

— UN TÉLÉVISEUR ? répètes-tu, tout hébété.

— Mais non voyons, je blaguais, question de détendre l'atmosphère, vous dit-elle en souriant.

— Je ne trouve pas ça drôle du tout, lui répond son frère. Dépêche-toi et tâche de l'ouvrir, cette porte, et vite ! Je ne veux pas finir sec comme un chips. »

CLIC !

« Et voilà, le tour est joué. »

Rapidement, vous ouvrez la porte, mais malheureusement il s'agit en réalité d'un piège ignoble, car de l'autre côté, il y a non pas une sortie, mais plutôt un mur de briques sur lequel on a accroché UN AUTRE TABLEAU-VAMPIRE, qui vous fixe maintenant tous les trois droit dans les yeux. Vous sentez déjà vos forces quitter votre corps. Il est trop tard pour tourner la tête. Pour toi et tes amis, c'est la...

75

« Comment savoir si nous avons pris le bon couloir ? demande Marjorie, exaspérée. Je déteste les labyrinthes. On pourrait passer plusieurs fois près de la sortie sans la voir. Et puis, est-ce que vous n'auriez pas emporté une brosse ou un peigne, par hasard ? Avec tous ces miroirs, j'ai une folle envie de me brosser les cheveux.

— Ce que tu peux être tannante à la fin », lui dis-tu, irrité.

Brusquement, plusieurs silhouettes d'allure spectrale apparaissent et se mettent à tourner de plus en plus rapidement autour de toi.

OUU-OUU-OUU !

Tu te sens tout à coup soulevé par ce tourbillon de fantômes virevoltant dans tous les sens. Le vacarme infernal brise plusieurs miroirs qui volent en éclats.

CLING ! CLING ! CLIIIING !

« N'AYEZ PAS PEUR ! Laissez-vous emporter par le tourbillon des spectres des miroirs, hurle Jean-Christophe. Ils sont inoffensifs. Ce sont des EMÔTNAF, des fantômes qui vivent de l'autre côté des miroirs. Ils vont nous reconduire à la sortie du labyrinthe. »

Comme le mentionne *L'encyclopédie noire de l'épouvante*, les emôtnaf sont des « gentils fantômes ». En vous reconduisant tous les trois près de la sortie, ils vous donnent un solide coup de pouce. En supposant que ces spectres aimables ont des pouces...

Sortez vite de ce labyrinthe de malheur par le numéro 69.

76

Elle ne peut vous attraper car elle peut à peine bouger tellement elle est grosse. Vous avez peu de place pour manoeuvrer vous aussi. En tentant de te faufiler entre sa bedaine et le mur, **BLOUB**! tu crèves accidentellement une pustule qui éclate et déverse un liquide noirâtre et visqueux sur ton jean. Une vive douleur te saisit aussitôt la jambe ; la dégoûtante substance est sans doute corrosive.

Pendant que tu te frottes la jambe sur le mur pour enlever le plus vite possible le pus acide, Marjorie a du mal à se départir des bourrelets de la grosse femme qui semblent vouloir l'engloutir tel du sable mouvant. Tu l'agrippes par le col de son chandail juste avant qu'elle ne soit complètement engobée par cet épiderme putride.

Au moment où la grosse dame se retourne, vous tentez une ultime sortie. Alors que vous passez près de sa bouche, son haleine fétide et nocive paralyse Jean-Christophe qui perd conscience.

Vous devez le traîner à l'écart jusqu'au numéro 79, en passant par de petits corridors, afin de ne pas être suivis par cette grosse menace.

77

Un des zombis du Docteur Vampire vient de se glisser dans le groupe de visiteurs. TROUVE-LE ! Autrement, tu en subira les conséquences.

Si tu réussis à savoir de qui il s'agit, rends-toi au numéro 24. Si, par contre, tu ne l'as pas trouvé, va au numéro 70.

78

« C'est un vrai carnaval de monstres, dis-tu à tes amis, qui regrettent un peu d'avoir mis les pieds dans ce cirque maudit.

— Il faut continuer malgré tout, dit Jean-Christophe en enlevant le sable qui s'est glissé dans ses poches de jeans lorsqu'il rampe sur le sol. J'ai lu dans *L'encyclopédie noire de l'épouvante* que si le maître des vampires est détruit, tout reprendra son cours normal, et je suis sûr que celui que nous cherchons est ce docteur fou et...

FLOP ! FLOP ! FLOP !

Un bruit de battements d'ailes te coupe tout à coup la parole... La pénombre vous empêche de voir clairement de quoi il s'agit. Mais vous n'avez aucun doute, c'est le bruit d'ailes d'une chauve-souris géante, qui s'envole et s'éloigne. Sa silhouette lugubre passe devant la lune et disparaît dans le noir...

D'un bosquet tout près, vous entendez un gémissement. Vous courez au numéro 91.

79

« PAUVRES PETITS IMBÉCILES ! Vous n'échapperez pas aux monstres qui vivent dans ce cirque. NON ! et mon mari, le Docteur Vampire, boira votre sang. HA ! RHA ! RHA ! RHA !... raille-t-elle, l'écume à la bouche, lorsque vous vous éloignez.

— Ce qu'il peut être lourd. Essayons de le ranimer, souffle Marjorie fatiguée. EH ! EH ! Jean-Christophe, réveille-toi, dit-elle en lui tapotant légèrement la joue. Allez ! Réveille-toi... Tu devras cesser de manger autant de petits gâteaux si tu veux que je te traîne à l'avenir lorsque tu tomberas dans les pommes », ajoute-t-elle quand son frère ouvre les yeux.

Vous reprenez votre marche. Devant vous, un cadavre gît sur le sol. De toute évidence il a été vidé de son sang.

« Le Docteur Vampire est venu ici et il s'est nourri du sang de cette personne. Nous l'avons manqué de peu, leur signales-tu. Regardez, ces traces de sang sont toutes fraîches.

— Oui, mais il a fallu que nous soyons arrêtés par un GROS OBSTACLE DÉGOÛTANT... grogne Marjorie, qui n'est pas près d'oublier sa rencontre avec la bedonnante femme-zombi du Docteur Vampire.

Retournez à l'entrée au numéro 10. Au moins vous savez maintenant qu'il ne se trouve pas dans le labyrinthe de miroirs.

80

C'est plutôt une voix enflammée qui brûle vos tympans. LA VOIX DU DÉMON ! Qui vous a malheureusement suivis...

Une simple parole de ce monstre, et toute la forêt s'est embrasée. Devant vos yeux, les flammes crépitantes consument les arbres les uns après les autres. Tu agites les bras désespérément afin d'écarter la fumée qui se propage très haut dans le ciel.

Les pompiers alertés par les flammes d'un orange très vif arrivent sur les lieux. Martelant de leur hache la lourde porte grillagée de l'entrée, ils parviennent à s'engager dans les dédales du cirque et à se frayer un chemin jusqu'à la forêt.

Parvenus jusqu'à vous, les pompiers vous escortent à l'extérieur de l'enceinte du cirque afin de vous mettre à l'écart du danger. Le Docteur Vampire et sa troupe de mutants profitent de la situation pour déménager en douce leurs pénates vers une autre ville.

Comme il est écrit dans *L'encyclopédie noire de l'épouvante*, on ne peut pas éteindre les « flammes éternelles » provoquées par ces démons. Les pompiers tenteront en vain jour et nuit et pendant des années de l'éteindre. Mais ce feu aux couleurs de l'enfer brûlera éternellement. Vous seuls saurez pourquoi, et c'est un lourd secret que vous conserverez au fond de vous à tout jamais.

81

La meilleure chose qui peut t'arriver lorsque tu fais face à un vampire, c'est de manquer de veine...

La croix solidement ancrée dans ta main, tu fais un bond en avant afin de te dresser entre tes amis et les monstres assoiffés de sang. La croix possède bien la vertu que tu lui connais, et les vampires décampent à toute allure en soulevant une tornade de poussière.

Une fois débarrassés de ces monstres, vous remarquez qu'une drôle de corde suintante pend d'un puits qui semble déboucher à la surface. Prudemment, vous entamez cette difficile ascension.

Vous ne trouvez pas qu'elle est bizarre, cette corde ? vous fait remarquer Marjorie, perchée à mi-chemin entre le sol de la grotte et l'embouchure du puits.

« Oh non, dites-moi que mes yeux me trompent, leur murmures-tu en réalisant que la corde sur laquelle vous êtes en train de grimper est en fait... UN PYTHON !

Le python n'est pas un serpent venimeux, tu le sais bien, mais ça n'enlève rien au danger que vous courez. Car avec son corps, il peut vous broyer et ensuite vous avaler tous les trois d'un seul coup. Par chance, il dort. Vous comprenez assez vite la situation, alors vous vous déplacez D-O-U-C-E-M-E-N-T et avec mille précautions sans le réveiller jusqu'à l'embouchure du puits qui se trouve...

... *au numéro 46.*

Dans la partie la plus sombre de la pièce, il y a une sortie. Mais vous ne pouvez la voir, car il fait trop noir. Afin d'éclairer la pièce et de découvrir la sortie, tu dois trouver dans ce tas d'objets hétéroclites... UN CHANDELIER.

Si tu réussis à le trouver, rends-toi au numéro 42. Sinon, esquisse un signe de croix et rends-toi au numéro 48.

83

À peine avez-vous quitté la tente de Mme Dravas que vous êtes assaillis par une meute de loups affamés à deux têtes.

HOOOUUUUU ! HOOUU !

Vous courez sans vous retourner pendant plusieurs minutes. Vous traversez de sombres collines couvertes d'une brume malsaine. Tenaillés par la peur, vous ne regardez même pas en arrière.

Avez-vous réussi à fuir ces créatures avides de chair ? Peut-être que oui, peut-être que non. Mais à quoi bon ? Même si vous réussissez cette fois-ci à vous échapper, un jour ou l'autre votre destinée vous rattrapera. Car en cartomancie, les cartes du tarot ne se trompent... JAMAIS !

FIN

84

Ce n'est qu'un visiteur qui, apeuré par la performance de Monsieur Nomed, bafouille des paroles incompréhensibles en s'enfuyant.

« Nous n'avons rien découvert sur le Docteur Vampire ! réplique Marjorie d'un ton brusque. Il faut chercher dans une autre partie du cirque. »

Vous vous arrêtez pour examiner les environs.

« Il pourrait être n'importe où constate Jean-Christophe. Nous nous sommes bien trompés en sous-estimant l'intelligence de ce docteur débile. Il aurait fallu bien réfléchir avant d'entreprendre notre aventure. Je ne veux pas jouer sur les mots mais nous n'avons pas eu de " VEINE ". Nous devons retourner à l'entrée. Je crois apercevoir un raccourci près du grand chêne, là-bas... »

... au numéro 45.

85

De retour chez toi...

Le lendemain matin, en te levant, tu ne peux t'empêcher de penser que vous auriez peut-être réussi à trouver le Docteur Vampire si Marjorie avait gagné ce détecteur de monstre.

« Ah ! et puis zut ! À quoi bon s'en faire, te dis-tu, le cirque est maintenant reparti et ne reviendra que dans cinq ans. Mais au fait, nous n'avons pas reçu notre châtiment pour avoir perdu à ce jeu stupide », songes-tu en enfilant tes pantoufles avant de descendre pour le petit déjeuner.

Mais il viendra tôt ou tard ce châtiment. Il viendra une nuit sous une forme horrifiante. Lorsque tu oublieras de vérifier sous ton lit avant de te coucher...

86

Tu as choisi cette petite bouteille parce qu'elle contenait non pas du liquide, mais de minuscules pilules. La douleur devient subitement insoutenable. Tu dévisses le bouchon et passes ton index dans le goulot pour prendre un de ces médicaments façonnés en petite boule. Tout à coup, un étrange picotement te parcourt le doigt. À ton grand étonnement, un insecte se promène sur ta main, puis un autre...

Horrifié, tu laisses tomber le flacon qui se brise en touchant le sol, laissant s'échapper des dizaines de cloportes. Ce n'était pas des pilules, c'était des insectes. Il est maintenant trop tard pour prendre une autre bouteille, car le virulent poison fait effet. Incapable de coordonner tes gestes, tu t'écrases sur le plancher. Tes amis accourent et te relèvent, pour découvrir que tu te mues en une répugnante larve qui, lorsqu'il fera nuit, deviendra un gigantesque papillon de nuit assoiffé de sang...

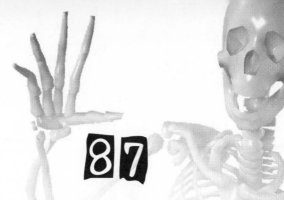

87

Oui, vous avez réussi à déchifrer le message. Vous courez furieusement entre les miroirs de cette galerie qui vous éloigne de l'homme-crocodile. Ses grognements se perdent dans les dédales du labyrinthe. À l'écart du danger, vous arrivez cependant face à face avec trois autres monstres répugnants et horribles.

« Je n'ai jamais vu de telles monstruosités, avoue Marjorie, qui a peine à retenir son envie de vomir. Qui sont ces monstres ? demande-t-elle en se retournant pour éviter de les regarder.

— CE N'EST QUE NOUS ! répond calmement son frère.

— NOUS ! Qu'est-ce que tu dis là ?

— Je te dis que c'est tout simplement nous. REGARDE! Nous nous trouvons en face d'un miroir déformant. Regardez-moi, j'ai la tête plus grosse que mon corps.

— MOI ! MOI ! Regardez-moi, j'ai une grosse bedaine, leur dis-tu en te dandinant devant le miroir. On dirait que j'ai avalé des tonnes de hamburgers !

— O.K. ! Ça suffit, partons, lance Jean-Christophe, fatigué de ces pitreries.

— Ne peut-on pas rester un peu plus longtemps ? supplie Marjorie, bien installée devant un miroir qui lui donne des allures de géante. Pour une fois que je suis plus grande que vous deux ! »

Vous partez vers le numéro 72.

OUI ! Vous avez encore une chance, mais elle ne tient qu'à un fil, un filament, devrions-nous dire. En effet, sur cette image de la toile d'araignée, il y a un filament qui est brisé.

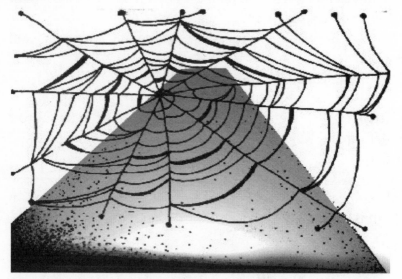

Si tu réussis à le trouver, rends-toi au numéro 67. Si, par contre, tu ne le trouves pas, va au numéro 49.

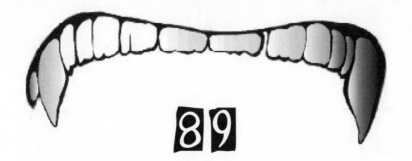

89

« Vous savez pourquoi il est un peu lourd, ce sac de maïs soufflé ? Parce qu'il y a une clef à l'intérieur », leur dis-tu en leur balançant le sac devant les yeux...

Lorsque vous arrivez à la lourde porte de fer, la clef, pourtant rouillée, tourne sans effort dans la serrure. Tous les trois, vous poussez sur la porte, qui s'ouvre dans une cacophonie de grincements.

CRIIIIIIIIOOUUUUU !

Quelques rats profitent de l'occasion pour fuir et passent furtivement entre tes jambes et te font sursauter.

« AAARG ! »

— Avec tout ce vacarme, c'est comme si nous avions frappé avant d'entrer, dit Jean-Christophe, mécontent. »

Plus loin, vous arrivez devant une grande tente de satin décorée de broderies. Des lueurs inquiétantes de torches crépitantes semblent vous inviter à y pénétrer. L'endroit a plutôt l'air menaçant, mais votre courage vous force à entrer.

Rendez-vous au numéro 34.

Au moment même où tu fais un bond vers la gauche pour rejoindre tes amis, le zombi esquisse un sourire. Pourquoi sourit-il ? Parce que vous êtes pris, et que vous vous trouvez acculés au pied d'un mur. Tout recul est impossible.

« Qu'est-ce qu'on fait maintenant ? leur demandes-tu. Ce clown dangereux est un zombi, et rappelez-vous : " On ne peut pas tuer ce qui est déjà mort ".

— Je sais, nous allons l'enfermer dans un de ces sarcophages, répond Jean-Christophe. Marjorie se tiendra ici pour l'attirer près de la tombe, et lorsqu'il sera tout près, **VLAN** ! nous le pousserons dans le cercueil puis nous fermerons le couvercle.

— Et si ce plan là ne me plaît pas, proteste Marjorie, pas très emballée à l'idée de servir d'appât.

— Tu sers d'appât ou tu lui sers de repas ! lui lance son frère sur un ton autoritaire. Place-toi vite, le voilà... »

Comme prévu, le clown s'avance directement sur Marjorie qui, terrorisée, grimace de peur. Totalement concentré sur son prochain festin, le zombi, les yeux rougis de sang, s'approche du cercueil sans se douter du traquenard. Alors qu'il s'apprête à attraper Marjorie, vous le poussez furieusement dans le sarcophage en fermant aussitôt le couvercle. Hurlant de rage, il ne peut que frapper violemment sur les parois internes du cercueil.

Assis tous les trois sur le couvercle pour éviter que le clown-zombi en ressorte, vous vous réjouissez quelques minutes de votre victoire avant de repartir en courant vers le numéro 68.

91

Vous inspectez les bosquets de plantes mortes. Près de l'un d'eux, une ombre gît sur le sol. C'est la dernière victime du Docteur Vampire : une jeune femme. Elle porte au cou des marques de morsures, LES MARQUES D'UN VAMPIRE...

Une onde de tristesse t'envahit...

Elle est à peine consciente, mais vous lui demandez ce qu'elle sait du Docteur Vampire.

« Pourquoi vous intéressez-vous à lui ? vous demande-t-elle. Vous n'avez aucune chance contre lui, il possède une armée de monstres : des zombis-jongleurs, des chiens loups à deux têtes, des clowns cracheurs de feu.

— Nous allons tout faire pour vous sauver, lui dis-tu pour la rassurer. Si nous réussissons, vous serez sauvée, et tous les autres aussi.

— En tentant de me sauver, vous risquez de partager avec moi le même sort pour l'éternité », soupire-t-elle avant de s'évanouir.

Vous devez maintenant retourner à l'entrée, au numéro 10. Selon une rumeur, une grande chauve-souris aurait survolé les montagnes russes et la maison hantée : LE DOCTEUR VAMPIRE ! Allez-y, et bon courage...

92

De la fenêtre, Marjorie aperçoit la silhouette bien distincte du monstre de pierre longer la roulotte.

«VITE ! Bois le contenu de la fiole, murmure-t-elle, c'est ce foutu démon et je crois qu'il vient par ici... »

En te fermant les yeux, tu ingurgites le gluant liquide. Peu à peu, la douleur semble vouloir s'estomper.

« Je crois que je n'ai plus mal, leur confies-tu en respirant profondément. Mais j'ai cependant encore l'impression que mon estomac chavire...

— Ce n'est pas ton estomac qui balance, C'EST LA ROULOTTE ! crie Jean-Christophe qui a peine à garder son équilibre. Le démon de roc a réussi à nous trouver, et il veut renverser la roulotte ! »

À cause du roulis, tous les différents produits qui se trouvaient sur l'étagère se sont déversés sur le sol. Mélangés les uns aux autres, ils forment une petite nappe de liquide sans doute corrosif. La fumée qui s'en dégage devient tout à coup irrespirable.

Dissimulés par ce nuage toxique, vous fuyez sans plus attendre par la porte de derrière jusqu'au numéro 94, où se déroule le spectacle d'acrobates.

« **CLING !** fait le collier en tombant sur le plancher.
— OUPS ! Dit Jean-Christophe, je l'ai échappé... »

La chauve-souris géante, maintenant avertie de votre présence, se retourne et bondit sur vous. En sautant en bas des gradins, tu évites de justesse ses griffes meurtrières.

La sombre silhouette reprend forme humaine, fait volte-face et fonce dangereusement sur Marjorie qui, pétrifiée par la fureur de l'attaque, ne peut fuir. Saisie par les griffes du monstre, elle est emportée au centre de l'arène par le vampire.

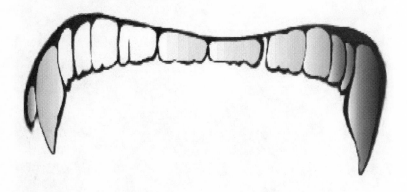

Le docteur s'apprête à étancher son insatiable soif de sang. Il approche dangereusement ses canines du cou de Marjorie, et tu sens soudainement la colère monter en toi. N'importe qui aurait fui et laissé à son destin tragique son amie, mais pas toi, NON ! Alors tu empoignes le collier et tu te précipites sur le Docteur Vampire.

Le collier entre les dents, tu sautes par-dessus les bancs des gradins tel un athlète dans une course à obstacles. Tu n'arrives plus à voir Marjorie, tout à coup disparue sous la cape du monstre. Dans un ultime effort, tu t'élances et arrives de plein fouet sur le dos du vampire. L'impact est tel que tu te retrouves sur le sol, le cou pris entre ses mains froides comme la mort.

À l'autre bout de la tente, Jean-Christophe gesticule frénétiquement en te criant : « LE COLLIER ! LE COLLIER ! »

D'un geste brusque, tu joins ta partie du pendentif à celui que le vampire porte à son cou...

Tu te retrouves au numéro 95.

94

Assis tous les trois, vous reprenez tranquillement votre souffle. Deux acrobates exécutent quelques exercices d'équilibre très périlleux. Comme dans tout bon spectacle de cirque, ils entreprennent la fameuse traversée du fil de fer très haut dans les airs, à plusieurs mètres du sol.

Muni d'un parapluie multicolore, un des deux acrobates procède à la traversée sous les " OOOOH ! " et les " AAAAH " de la foule. À mi-chemin, le fil se met dangereusement à tanguer. L'acrobate tente de garder son équilibre, mais en vain : il tombe et s'écrase sur le sol sablonneux. Prise de panique, la foule quitte les lieux en trombe. Déconcertés, vous observez l'acrobate se relever comme si rien ne s'était passé.

Est-ce que cela fait partie du spectacle ? NON ! Il n'y a qu'une explication à l'incroyable incident dont vous venez d'être témoins... Les acrobates sont sans doute des zombis qui sont morts depuis très longtemps. Comme vous le savez très bien, on ne peut pas tuer ce qui est déjà mort...

Tout à coup, celui qui est toujours perché en haut de la plate-forme jette un regard du côté des gradins, comme s'il avait senti votre présence. Vous devez tenter de fuir à tout prix. Deux possibilités s'offrent à vous...

Sur le côté, il y a une brèche dans la clôture. Pour vous y glisser, rampez sur le sol jusqu'au numéro 78.

Vous pouvez aussi trouver tout simplement la sortie, en courant très vite jusqu'au numéro 71.

95

Grâce à la réunion des deux pièces, les pouvoirs du pendentif d'Amon-Râ se manifestent aussitôt en un sillement strident suivi d'une vive lumière rayonnant de la pierre turquoise.

SSHHHHHHH !

Frappé par la lueur radiante, le Docteur Vampire recule et tombe sur le sable de l'arène centrale.

NYAAAAHH !

Pris de mille souffrances et visiblement à l'agonie, il virevolte et passe de forme humaine à chauve-souris plusieurs fois avant d'être soudain transformé en bûcher. Il brûle quelques secondes avant de s'écrouler et finalement tomber en poussière.

Tu te touches le cou pour te rendre compte que les morsures du vampire ont disparu.

« OUF ! Je n'aurai pas à me lever la nuit pour sucer le sang des gens, te dis-tu pendant que le feu gagne la toile de la tente qui s'enflamme aussitôt. IL FAUT SORTIR D'ICI AU PLUS VITE ! TOUT VA BRÛLER ! » hurles-tu à tes amis en vous précipitant vers la sortie.

Le lendemain, des centaines de personnes étonnées regardent se consumer les restes fumants du cirque.

« Que s'est-il passé ? semblent-ils tous se demander. Qu'est-ce qui a provoqué cet incendie ? » Cette question restera sans réponse, car jamais personne ne connaîtra la vérité sur cette nuit fatidique où les Téméraires de l'horreur ont vaincu LE DOCTEUR VAMPIRE et sa horde de monstres-mutants...

BRAVO !
Tu as réussi à terminer le livre...
Le cirque du Docteur Vampire

LE CIRQUE DU DOCTEUR VAMPIRE

VOUS AVEZ DE LA VEINE ! L'étrange cirque du Docteur Vampire est en ville avec ses manèges bizarres, ses acrobates fantômes, ses dompteurs de monstres répugnants et ses clowns terrifiants. Pour une journée seulement, ou serait-il plus juste de dire... UNE SEULE NUIT ! Entrez ! Entrez ! Ce soir à minuit sous le grand chapiteau, ça ne vous coûtera rien, sauf peut-être un peu de votre SANG !

UN LIVRE PALPITANT QUI SE JOUE À LA FAÇON D'UN JEU VIDÉO...

Oui, ce livre n'est pas qu'un simple livre... C'EST TON AVENTURE ! Et dans ton aventure, c'est toi qui décides du déroulement de l'histoire. ATTENTION ! Ce livre contient aussi un jeu original qui pourrait transformer ton histoire en vrai cauchemar... LE JEU DES PAGES DU DESTIN !

Il y a 22 façons de finir cette aventure, mais seulement une finale te permet de vraiment terminer... *Le cirque du Docteur Vampire.*

LIRA BIEN QUI LIRA LE DERNIER...

www.boomerangjeunesse.com
info@boomerangjeunesse.com

VOTRE PASSEPEUR

POUR UN HORRIBLE CAUCHEMAR

UN LIVRE QUI SE JOUE AVEC LES PAGES DU DESTIN

N° 26 JOHNNY CATACOMBE

JOHNNY CATACOMBE

EN PLUS !

L'auteur
Richard Petit
t'ouvre son

COFFRE AUX
TRÉSORS...

JOHNNY CATACOMBE

Texte et illustrations
de
Richard Petit

TOI!

Tu fais maintenant partie de la bande des
TÉMÉRAIRES DE L'HORREUR.

OUI ! Et c'est toi qui tiens le rôle principal dans ce livre où tu auras bien plus à faire que de tout simplement... LIRE. En effet, tu devras déterminer toi-même le dénouement de l'histoire en choisissant les numéros des chapitres suggérés afin, peut-être, d'éviter de basculer dans des pièges terribles ou de rencontrer des monstres horrifiants.

Aussi, au cours de ton aventure, lorsque tu feras face à certains dangers, tu auras à jouer au jeu des **PAGES DU DESTIN...** Par exemple, si dans ton aventure tu es poursuivi par une espèce de monstre dangereux et qu'il t'est demandé de TOURNER LES PAGES DU DESTIN afin de savoir si ce monstre va t'attraper, la première chose que tu dois tout de suite faire, c'est placer ton doigt tout tremblotant ou un signet à la page où tu es rendu pour ne pas perdre ta page, car tu auras à y revenir. Ensuite, SANS REGARDER, tu laisses glisser ton pouce sur le côté de ton Passepeur en faisant tourner les feuilles rapidement pour finalement t'arrêter AU HASARD sur l'une d'elles.

Maintenant, regarde au bas de la page de droite. Il y a trois pictogrammes. Pour savoir si le monstre t'a attrapé, il n'y en a que deux qui te concernent,

celui de l'espadrille et celui de la main.

Pour le moment, tu ne t'occupes pas des autres. Ils te serviront dans d'autres situations. Je t'explique tout un peu plus loin.

Comme tu as peut-être remarqué, sur une page, il y a une espadrille et sur la suivante, il y a une main et ainsi de suite, jusqu'à la fin du livre. Si, par chance, en tournant les pages du destin, tu t'arrêtes au hasard sur le pictogramme de l'espadrille, eh bien, bravo ! tu as réussi à t'enfuir. Là, retourne au chapitre où tu étais rendu. Il t'indiquera le numéro de l'autre chapitre où tu dois aller pour fuir le monstre. Si tu es le moindrement malchanceux et que tu t'arrêtes sur le pictogramme de la main, eh bien, le monstre t'a attrapé. Là encore, tu reviens au chapitre où tu étais, mais tu auras par contre à te rendre au chapitre indiqué où tu tomberas entre les griffes du monstre.

Lorsqu'on te demandera de TOURNER LES PAGES DU DESTIN, tu n'utiliseras, selon le cas, que les DEUX pictogrammes qui concernent l'événement. Voici les autres pictogrammes et leur signification...

Pour déterminer si une porte est verrouillée ou non :

 Si tu tombes sur ce pictogramme-ci, cela signifie qu'elle est verrouillée ;

 si tu t'arrêtes sur celui-ci, cela signifie qu'elle est déverrouillée.

S'il y a un monstre qui regarde dans ta direction :

 Ce pictogramme veut dire qu'il t'a vu ;

 celui-ci veut dire qu'il ne t'a pas vu.

En plus, pour te débarrasser des monstres que vous allez rencontrer tout au long de cette aventure, tu pourras utiliser une arme super *COOL*, votre « blogueur ». Cette arme va vous être très utile. Cependant, pour atteindre avec cette arme puissante les monstres qui t'attaquent, tu auras à faire preuve d'une grande adresse au jeu des pages du destin. Comment ? C'est simple : regarde dans le bas des pages de gauche, il y a un monstre, ton blogueur et les virus destructeurs lancés par ton arme.

Le monstre représente toutes les créatures que tu vas rencontrer au cours de ton aventure. Plus tu t'approches du centre du livre, plus les virus destructeurs se rapprochent du monstre. Lorsque justement, dans ton aventure, tu fais face à une créature malfaisante et qu'il t'est demandé d'essayer de l'atteindre avec ton blogueur pour l'éliminer, il te suffit de tourner rapidement les pages de ton Passepeur en essayant de t'arrêter juste au milieu du livre. Plus tu t'approches du centre du livre, plus les virus projetés par ton blogueur se rapprochent du monstre. Si tu réussis à t'arrêter sur une des cinq pages centrales du livre portant cette image,

eh bien, bravo ! tu as visé juste et tu as réussi à atteindre de plein fouet la créature qui te cherchait querelle et, de ce fait, à t'en débarrasser. Tu n'as plus qu'à suivre les instructions au chapitre où tu étais rendu selon que tu l'as touchée ou non.

Ta terrifiante aventure débute au chapitre 1. Et n'oublie pas : une seule fin te permet de terminer... *Johnny Catacombe*.

1

Il est presque 20 h. Tu attends, caché, seul dans ce grand immeuble à appartements abandonné du quartier mal famé de Sombreville. Les murs tombent en décrépitude et presque tous les carreaux de fenêtre sont brisés. Les morceaux de verre sur le plancher te renvoient la lueur de la lune en plein dans les yeux. Tu te demandes ce qui retarde tes amis. Ils devraient être là depuis un bon moment. Marjorie et Jean-Christophe ont l'habitude d'être en retard, mais pas autant que ça. Deux heures à poireauter tout seul dans le noir, pour surveiller la boutique de Johnny Catacombe, c'est long, très long…

L'enseigne au néon du commerce s'éteint. Dans la rue, il fait maintenant très noir. De l'étage juste au-dessous de toi proviennent soudain des bruits. Tu fouilles dans ton sac et tu attrapes le téléphone cellulaire que tu as piqué… bon, emprunté plutôt, à ta mère. Si ce ne sont pas tes amis, tu pitonnes le numéro de la police, c'est ton plan.

Les bruits se rapprochent. Mais tu réfléchis : si le téléphone sonne, tu es fait. La sonnerie va annoncer ta présence et donner du même coup ta position à l'intrus. Ton cœur bat très vite…

La tête de Jean-Christophe émerge de la cage d'escalier. Tu pousses un soupir et tu ranges le téléphone.

Rends-toi au chapitre 45.

2

LA VRAIE HISTOIRE
DU BONHOMME SEPT HEURES

Autrefois, il y a de cela très longtemps, environ une soixantaine d'années, on racontait aux enfants turbulents qui s'amusaient dans leur lit, pour les inciter à dormir, qu'ils recevraient la visite d'un monsieur effroyablement terrifiant : le Bonhomme Sept Heures…

Généralement, cette menace, fausse en tout point car le Bonhomme Sept Heures n'existait pas, suffisait à calmer les enfants excités et à les pousser au sommeil… Or, il y eut un temps où ce personnage existait vraiment, à une époque beaucoup plus reculée, il y a plus d'un siècle pour être précis.

Dans ce temps-là, à peu près chaque ville et village comptait un homme qui pouvait replacer ou relaxer les muscles endoloris des gens fatigués après une très rude et très difficile journée de travail. Ces hommes, qui furent probablement les premiers chiropraticiens, visitaient généralement les maisons après le repas du soir pour traiter leurs patients.

Suite au chapitre 76.

3

— Ce cinglé de Johnny Catacombe, que l'on croyait être un démon ou quelque chose du genre, n'est en fait qu'un simple voleur, expliques-tu à ton amie. Ces objets n'ont jamais été perdus; ils ont été volés par ses monstres au cours des années. Maintenant, il est rongé par une stupide ambition. Les objets des gens ne lui suffisent plus. Il veut s'approprier des personnes aussi. Je suis enfermé près d'une caisse qui contient tous mes objets perdus !

Marjorie se met à réfléchir :

— Ce qui expliquerait pourquoi nous sommes tous les deux emprisonnés près de nos caisses. Il est peut-être fou, mais il est très ordonné. Il veut nous collectionner comme des objets.

Marjorie devient soudaine muette.

— Quoi ? Qu'est-ce qu'il y a, Marjorie ? Qu'est-ce qui se passe ?

— C'est mon frère ! Il vient vers moi. Il a réussi à sortir de sa cage.

— Marjorie ! Tu ne me croiras pas ! J'ai retrouvé toutes les choses que j'ai perdues au cours de ma vie : mon jeu vidéo, mes lunettes rayons X, mon devoir de maths… Tu te rappelles, j'ai été puni, et papa m'a interdit de sortir pendant plusieurs semaines parce que je l'avais égaré…

Allez au chapitre 59.

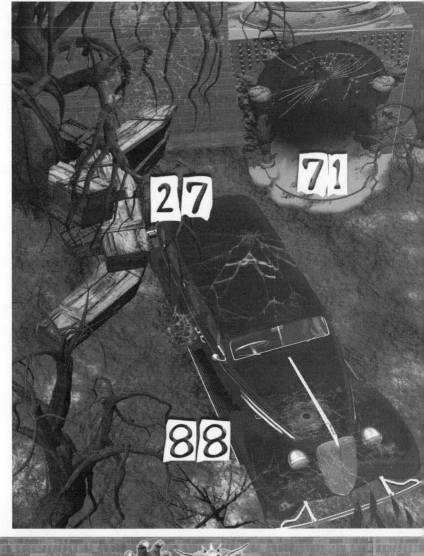

4 Rends-toi au chapitre inscrit sur l'endroit que tu veux fouiller ou explorer…

83

75

La grande créature se juche très haut sur ses pattes et évite le tir. RATÉ !

L'araignée avance vers toi. Juste comme tu t'apprêtais à déguerpir, elle projette un solide filet gluant qui s'agglutine à tes pieds. Tu te retrouves collé au sol. Marjorie et Jean-Christophe te saisissent par les bras et tentent de te tirer vers eux. RIEN À FAIRE !

L'araignée projette un autre long filet, et tes deux amis se retrouvent collés à toi. L'araignée vous saisit ensuite avec ses longues pattes et vous enroule tous les trois dans un gros cocon. Tu as soudain de la difficulté à respirer et tu finis par t'évanouir…

Tu reviens à toi et tu ouvres les yeux. Où te trouves-tu ? Tu n'en as aucune idée ! Autour de toi, il fait plutôt sombre. Tu n'es plus emmitouflé avec tes amis dans la toile de l'araignée. Et où est l'araignée, au fait ? Tu reçois de bien curieuses ondes qui te poussent à marcher comme un animal. Tu sors d'une espèce de grotte et tu parviens à une immense toile dans laquelle un pauvre chat est retenu prisonnier. Tu avances adroitement… AVEC TES HUIT PATTES ! Tu t'approches, non pas pour le délivrer… PAUVRE CHAT !

FIN

6

Lentement, tu t'approches de la première urne et tu soulèves doucement le couvercle. À l'intérieur, il n'y a que de la cendre, c'est normal. Peut-être que le plan du labyrinthe se cache… DANS LA CENDRE ! Oh non ! tu n'es pas très tenté de fouiller avec ta main. Tu saisis le vase et tu te mets à le brasser vigoureusement. Tu jettes un autre coup d'œil à l'intérieur. Pas de plan… SEULEMENT UN HORRIBLE VISAGE QUI TE REGARDE !

OUAAAAH !

Tu déposes le vase… TROP FORT ! Le meuble finalement s'écroule, et la cendre du vase que tu avais choisi se répand sur le plancher ainsi que sur tes pieds. Tu n'oses pas bouger, car tu sais que tu viens de commettre un grand sacrilège…

À ta gauche et à ta droite, tes amis ont disparu. Bonjour la solidarité…

À tes pieds, la cendre devient soudain verte et elle se met à monter sur tes jambes, sous ton jeans. Tes mains s'immobilisent, et tes doigts deviennent tout gris. Le bout de ton index s'effrite et tombe en poussière. Sous tes yeux, tes mains et ensuite tes bras se transforment en cendre. Ta tête commence elle aussi à changer de couleur…

FIN

7

Tu sors la tête de l'eau. Plus une seule fourmi ne nage à la surface. Au loin, tu aperçois tes deux amis qui accourent vers toi.

— Est-ce que ça va ? s'inquiète Marjorie, qui arrive à ta hauteur. Tu vas bien ?

Jean-Christophe te regarde avec un air quelque peu terrifié.

— Tu as du sang qui coule partout sur ton visage, t'apprend-il. Il faut aller à la clinique. VITE !

À l'entrée de l'établissement, deux infirmières se jettent sur toi. Quinze minutes plus tard, tu as la tête enrubannée et tu ressembles à la momie du pharaon Dhéb-ile. Marjorie sursaute en entrant dans la salle de traitement.

Un médecin la suit.

— Une nuit de repos te fera le plus grand bien et demain matin, tu seras sur pied, te dit-il de façon rassurante.

Puis il te quitte pour aller voir un autre patient.

Marjorie te regarde avec un air de pitié…

— Je vais bien, que je vous dis ! insistes-tu. Aidez-moi à sortir d'ici !

Jean-Christophe pousse ta civière jusqu'au chapitre 67.

8

Toute tremblotante, Marjorie lève lentement la lampe au chapitre 48.

9

— C'EST LE GAZÉBO D'UNE RÉSIDENCE POUR PERSONNES ÂGÉES !

— Qu'est-ce qui te fait dire cela ? te demande Jean-Christophe en examinant tout autour de lui.

— ÇA ! montres-tu avec ton index…

Sur une table blanche en plastique, il y a un verre qui contient… UN DENTIER ! Tu t'approches de l'autel et tu trempes un doigt dans le sang pour y goûter…

— C'est bien ce que je pensais, du jus de cerise…

Jean-Christophe est éberlué.

Une vieille dame arrive en marchant avec une canne.

— Bonjour Jean-Christophe, bonjour à vous tous, vous dit-elle d'une voix chevrotante.

— Vous connaissez mon nom ! s'étonne ton ami.

— Je connais tout le monde à Sombreville, il y a tellement longtemps que j'y suis…

— Connaissez-vous Johnny Catacombe ? tentes-tu de lui demander sans espérer de réponse…

— Bien entendu que je le connais, lui aussi. L'entrée de sa cachette se trouve dans le vieux corbillard derrière son commerce…

Retournez au chapitre 4 et foncez vers son repaire…

Vous parvenez, après une assez longue recherche, à trouver un escalier qui va ramener tout le monde en sécurité à la surface. Au pied de cet escalier, vous regardez les prisonniers libérés gravir les marches. Comme tes amis, tu es très tenté de les suivre et de rentrer chez toi, mais tu sais très bien que les ignobles activités de Johnny Catacombe recommenceraient de plus belle. Tu sais qu'il faut régler le problème une fois pour toutes.

Tu examines les colonnes qui soutiennent la voûte…

— Nous n'avons qu'à faire sauter tout ça, et c'est terminé, leur suggères-tu. PAS COMPLIQUÉ !

— Ouais ! peut-être ! te dit Marjorie. Sauf que le problème, c'est que personne ne traîne d'explosifs sur lui…

— Et en plus, ton plan ne nous garantit pas que nous allons nous débarrasser de ce Johnny, renchérit son frère… Il faut trouver ce fou et l'emmener à la police.

— D'après vous, demande Marjorie, où se cache-t-il ? Vous avez une idée ?

— LES CATACOMBES ! Qu'est-ce que vous en pensez ? Si nous trouvons les catacombes, nous allons le trouver, lui aussi…

Vous cherchez du côté du chapitre 47.

Vous suivez Marjorie, qui a arraché la lampe des mains de son frère et qui a pris la tête. L'escalier descend profondément jusqu'à un grand tunnel creusé dans la pierre. Tu n'oses pas toucher les parois suintantes, car tu crains que le liquide de couleur douteuse ne soit pas que de la simple et ordinaire eau. Des bruits de pas lourds et des grognements se font soudain entendre. Marjorie éteint la lampe, question de ne pas vous faire repérer. Les pas se rapprochent puis s'éloignent. Tu comprends que ce tunnel dans lequel vous vous trouvez débouche sur un autre qui va de gauche à droite loin devant vous. Tu donnes un coup de coude à Marjorie. Elle sursaute et allume la lampe. Vous avancez lentement tous les trois et parvenez à l'embouchure. Marjorie braque le faisceau dans les deux directions.

— Je ne vois rien ! vous murmure-t-elle. De quel côté allons-nous ?

— À gauche, pas du côté des grognements, lui réponds-tu.

Marjorie se tourne vers le passage qui s'étend loin devant vous, le faisceau braqué sur le sol pour éviter les pièges possibles.

Soudain, le faisceau lumineux de la lampe éclaire quelque chose au chapitre 8.

RATÉ !

Non mais, sérieusement ! Il aurait fallu que tu t'entraînes dans un kiosque de tir avant de te servir de ce blogueur.

Les virus lancés par ton arme frappent la carrosserie rouillée du corbillard et tombent sur le sol, assommés. Lorsque tu t'apprêtes à tirer une seconde fois, une patte poilue t'arrache le blogueur des mains. Désarmé, tu n'as maintenant d'autre choix que de tenter de t'enfuir. Attaché au tronc d'un arbre, ton ami Jean-Christophe n'est plus qu'un gros cocon blanc. Ces ignobles créatures l'ont recouvert d'une sorte de barbe à papa dégoûtante…

Une extra grosse araignée saute au cou de Marjorie et plante ses mandibules pointues dans sa peau. Tu voudrais crier à l'aide, mais la peur a comme paralysé tes cordes vocales…

Tu réussis par miracle à leur échapper. Tu ne cesses de courir qu'une fois parvenu à la rue principale, passablement bondée. Des gens sortent en groupe du cinéma. Tu te retournes et tu arrives face à face avec une araignée géante. Ton cœur s'arrête, ton corps devient tout raide et tu tombes sur le trottoir, terrassé par la simple affiche du film qui s'intitule *Les araignées de l'espace*…

FIN

13

Tu sais très bien que si tu te relèves maintenant et que tu sors la tête de l'eau, elles vont toutes en profiter pour s'agripper à toi, et tu te retrouveras encore avec le même problème. Tu décides alors de demeurer immobile, sachant bien que plus tu attendras sous l'eau, moins il y aura de fourmis, à la surface lorsque tu sortiras...

Maintenant, retiens ton souffle...

Si tu ne parviens qu'à compter jusqu'à 50 avant de recommencer à respirer, il y aura plusieurs fourmis à la surface lorsque tu sortiras. Rends-toi au chapitre 18.

Si tu arrives à compter jusqu'à 75, il n'y aura que quelques fourmis qui vont s'agripper à ta tête lorsque tu émergeras de l'eau. Va alors au chapitre 53.

Si tu réussis à compter jusqu'à 100 BRAVO ! il n'y aura plus une seule de ces sales bestioles lorsque tu sortiras de la fontaine. Va au chapitre 7 où t'attendent tes amis...

14

Rends-toi au cha-pitre de la voie que tu auras choisie…

26

20

15

Tu avances avec la certitude que tu t'es trompé. Tu poses la main sur la poignée et tu ouvres lentement la portière. Un effroyable et très macabre grincement jaillit des gonds rouillés. Marjorie jette un rapide coup d'œil circulaire autour de vous.

— Bravo ! te chuchote-t-elle. Bonjour la discrétion ! Tu viens de signaler notre présence à tout le voisinage…

Tu lèves les épaules.

— Ce n'est pas ma faute si ce vieux débris tombe en décrépitude.

Tu te sens soudain attrapé à la cheville. Tu penches la tête. Une horrible main décharnée te tire à l'intérieur du corbillard. Jean-Christophe t'attrape par ton chandail. Une autre main saisit ton jeans et te tire, elle aussi. Marjorie tente avec témérité d'enlever la main répugnante, mais lorsqu'elle saisit un doigt… IL LUI RESTE DANS LA MAIN !

Un terrifiant visage aux yeux tout blancs apparaît dans la noirceur. La moitié de ton corps est maintenant à l'intérieur du véhicule. Tes amis conjuguent leurs efforts, mais ce corps de mort est doté d'une grande force. Derrière toi, la portière se referme, et tu te retrouves dans le noir.

FIN

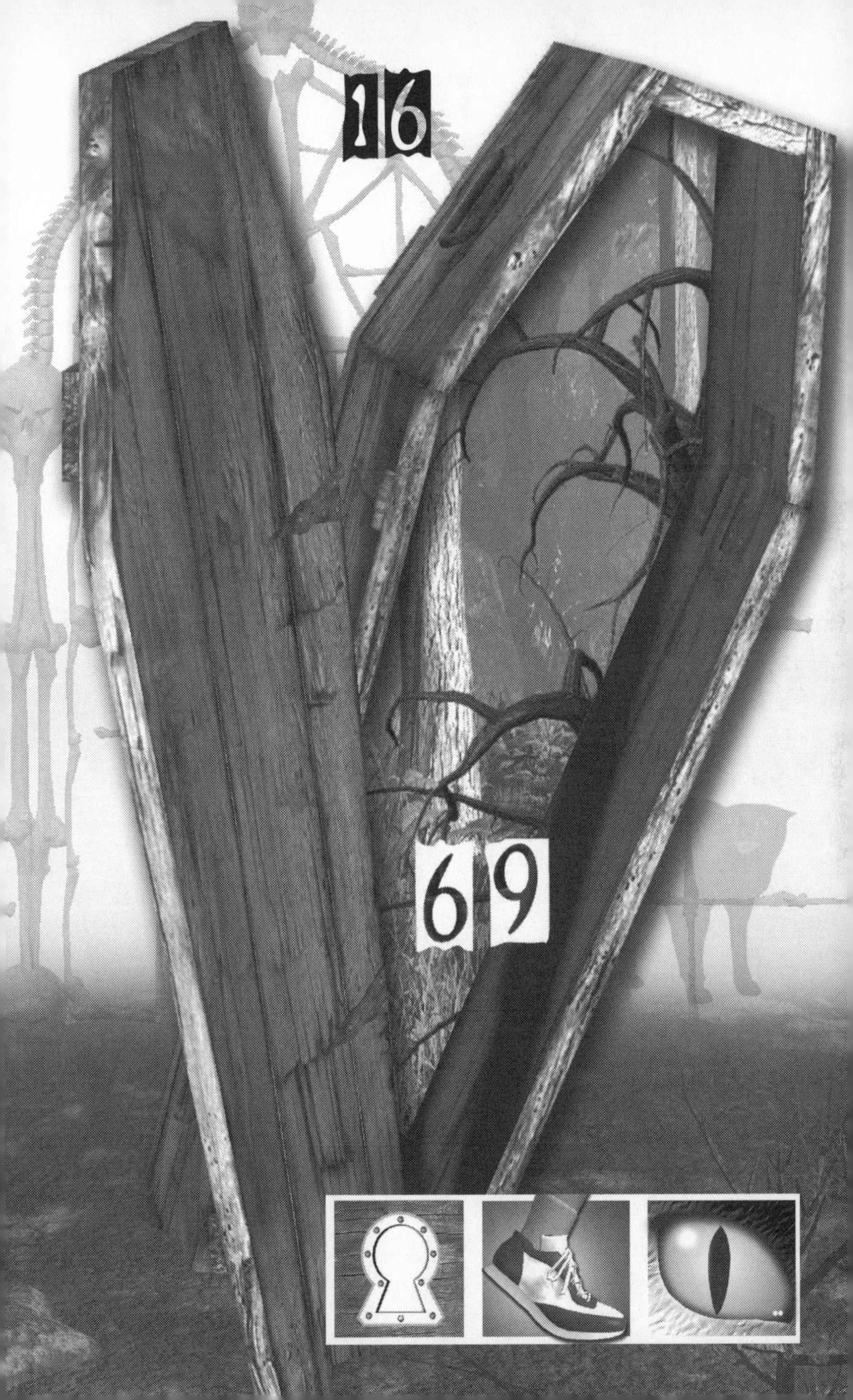
16
69

17

Tu te rappelles combien tu étais peiné de l'avoir égaré et de ne jamais avoir pu le retrouver. Tu passes le bras entre les barreaux et tu tends la main pour le saisir. Le bout de tes doigts touche le jouet. Tu grattes et tu parviens finalement à le tirer vers toi. Tu es tout étonné de voir à quel point il est identique à celui que tu as perdu. Tu le retournes pour voir l'autre côté. Ta mâchoire tombe sur ton torse lorsque tu aperçois tes initiales gravées sur le jouet. Ce yoyo est bel et bien celui que tu as perdu...

Quelle drôle de coïncidence !

Un autre monstre revient dans ta direction. Tu te lèves dans ta cage et tu dissimules ton yoyo derrière ton dos. Le monstre tient dans ses mains le blogueur de Marjorie. Il le dépose dans une boîte tout près de toi et repart sans même te regarder. Tu bouges dans la cage et tu glisses un œil pour voir ce qu'il y a d'écrit sur la grande caisse. Encore une fois, tu es éberlué de constater que la caisse porte ton prénom ainsi que ton nom de famille. Tu te lèves sur la pointe des pieds pour regarder son contenu. Tu aperçois plein de trucs qui t'appartenaient et que tu as perdus au cours des années…

Qu'est-ce que cela signifie ?

Va au chapitre 36.

Incapable de tenir plus longtemps, tu sors la tête. Enragées, les fourmis se jettent sur toi. Il y en a des dizaines qui te grimpent au visage. Tu veux prendre une très grande inspiration afin de replonger, mais plusieurs d'entre elles ont décidé d'envahir tous les orifices de ton visage : ton nez, tes oreilles, ta bouche…

FIN

19

Dans une grande cour, derrière une clôture de bois pourrie, est garée une vieille voiture noire et très rouillée. C'est l'ancien corbillard qui servait à transporter les morts du salon mortuaire au cimetière. Les pneus de la voiture sont dégonflés, et le pare-brise a été fracassé.

Des cercueils sont empilés dans un coin, sous un arbre mort. Plusieurs sont ouverts, et de l'un d'eux pend même une main décharnée. Tu t'arrêtes et tu l'observes quelques secondes. Elle ne bouge pas…

OUF !

Tu notes la présence d'un petit mausolée en ruine entouré de hautes herbes. Les pierres craquelées et lézardées menacent de tomber à tout moment.

Une trappe à double porte en bois très épais semble donner accès à une cave sombre et humide. Le loquet est traversé par un gros cadenas…

Sous une arche est cachée une autre porte toute cloutée. C'est sans doute l'accès principal à l'édifice.

Tu regardes tes deux amis et tu pointes avec ton doigt l'endroit où tu désires aller…

… *au chapitre 4.*

20

40

30

— Alors, quel est le plan ? demandes-tu à ton ami.

— Il faut trouver une façon discrète de pénétrer dans la boutique, par la ruelle, je pense. Nous ne devons pas oublier que cette boutique est située dans les anciens locaux du salon mortuaire, le tristement célèbre salon mortuaire fermé depuis plus de vingt ans. Mon père nous a raconté qu'un soir, un mort s'était réveillé spontanément dans son cercueil et qu'il avait attaqué les visiteurs. Cet incident avait fait la manchette de tous les journaux.

— Qu'est-ce qui est arrivé par la suite ? lui demandes-tu.

— La peur s'est installée dans la ville et, devant cette situation inexplicable, les autorités ont préféré barricader l'édifice. Il a été abandonné jusqu'à ce qu'un certain Johnny Catacombe l'achète pour ouvrir un commerce…

— Tu crois qu'il y a un lien entre cet évènement et la disparition de jeunes de notre école ? lui demande Marjorie.

— Ça ne m'étonnerait pas du tout !

— Tu as tout ce qu'il faut dans ton sac à dos ? demandes-tu à Marjorie, la responsable du matériel.

Elle ouvre son sac… AU CHAPITRE 54.

CECI !

NE TOMBE PAS DANS LES POMMES POURRIES !
Rends-toi plutôt au chapitre 49.

23

Johnny Catacombe se retourne vers toi…

— Tu sais ce que je vais faire, maintenant ? te dit-il en parlant très fort pour que tu comprennes malgré tes deux doigts placés dans le trou de tes oreilles. Je vais embrasser Marjorie. Mes lèvres empoisonnées vont la transformer en statue. Vois-tu, je ne peux pas supporter que mes objets de collection se mutinent contre moi. Je n'ai d'autre choix que de vous transformer tous en statues…

Tu retires tes doigts de tes oreilles. Johnny Catacombe sourit. Il sait que maintenant, parce que tu entends de nouveau la musique, tu vas te mettre à danser d'une façon incontrôlable comme un peu plus tôt, et que tu ne pourras rien faire contre lui malgré le blogueur accroché à ta ceinture. Des secondes passent et tu demeures immobile devant lui. Le sourire arrogant de Johnny Catacombe vient de quitter son visage. Il ne comprend pas pourquoi tu n'es plus ensorcelé par sa musique magique. Tes amis Marjorie et Jean-Christophe non plus, d'ailleurs. Tu décroches ton arme de ta ceinture et tu la pointes directement vers Johnny Catacombe, qui semble figé par son incompréhension…

Il fait un très petit signe avec sa main, et la musique cesse au chapitre 55.

24

Johnny
Catacombe...

*Rends-toi au
chapitre 79.*

25

Grâce à cette rapidité légendaire qui t'a valu tant de médailles aux olympiades de l'école, tu es parvenu à semer le monstre. Les deux mains appuyées sur tes genoux, tu reprends ton souffle tout en pensant à tes amis Marjorie et Jean-Christophe. Tu sais qu'ils sont tous les deux capables de s'occuper d'eux-mêmes, mais tu es tout de même rongé par l'inquiétude…

Tu cherches une façon d'accéder à l'étage inférieur, le niveau où sont tombés tes deux amis. Un escalier en colimaçon monte et descend… PARFAIT !

Bien entendu, tu descends…

Une odeur désagréable, que tu connais très bien, parvient à tes narines… L'ODEUR DES MORTS !

Un long et large passage, dont les parois de pierre sont creusées de cavités dans lesquelles reposent des squelettes blanchis par le temps, s'ouvre devant toi. Ce décor te rappelle étrangement les catacombes de Paris, que tu as visitées lors d'un voyage avec un groupe d'élèves de l'école. Tu avances en évitant de regarder les orbites vides des crânes, qui semblent te dévisager et te font sentir, avec raison, comme un visiteur inopportun.

Sur un trône étrange, au chapitre 24, est assis un personnage que tu reconnais…

27

Vous avancez vers le tas de cercueils. Quelques-uns sont entrouverts, mais la plupart sont fermés. Tu écoutes attentivement ! Aucun son ne provient des grandes caisses de bois. S'il y a quelque chose à l'intérieur de l'un des cercueils, c'est complètement mort... OU JUSTE ENDORMI !

Une grosse araignée orange et vert descend juste devant toi et atterrit sur le sol. Tu sais très bien que plus ces araignées sont colorées, plus leur poison est dangereux. Tu t'écartes et tu laisses passer madame. Tu réalises que tu l'as échappé belle, car elle aurait pu arriver en plein sur le dessus de ta tête...

Tu étires le cou vers un cercueil ouvert. À l'intérieur, il y a un cadavre embaumé. Tu retiens une grimace de dégoût. Jean-Christophe s'approche, mais Marjorie ne veut pas regarder...

Il grimace lui aussi.

Tu empoignes le couvercle fermé d'un autre cercueil et tu l'ouvres...

Il n'y a rien dans celui-ci, même pas de fond, mais un long couloir qui débouche tu ne sais pas où...

Vous pénétrez dans le cercueil et traversez le passage qui vous amène au chapitre 14.

28

Tu baisses ton arme…

Marjorie et Jean-Christophe te regardent, éberlués. Ils ne semblent pas d'accord.

— Pardon, monsieur ! commences-tu à dire poliment, pourquoi êtes-vous encore ici et pas au cimetière, comme tous les autres ? Vous a-t-on oublié ?

Le mort-vivant ouvre lentement la bouche. Des filets de bave s'étirent entre ses lèvres.

— Toute ma vie, j'ai été seul, et maintenant je suis seul dans la mort, explique le cadavre. Je suis sans le sou, et les gens du salon mortuaire m'ont abandonné ici, à l'arrière du bâtiment, jusqu'à ce que des personnes charitables paient mon enterrement, ce qui ne s'est, hélas ! jamais produit. J'ai toujours souhaité avoir des enfants comme vous, comme j'ai souvent rêvé de jouer au parc avec les jeunes. J'ai toujours été seul à m'ennuyer. Moi qui croyais trouver dans la mort la fin de mon ennui…

— Excusez-moi, monsieur ! l'arrêta Marjorie, mais pourquoi vous nous racontez tous ces détails ? Nous n'en avons rien à foutre, vous savez…

Le mort-vivant sourit, de sa bouche presque tout édentée…

Au chapitre 42.

29

Après le mauvais épisode des fourmis, tu laisses ton ami Jean-Christophe pénétrer le premier à l'intérieur du mausolée. Marjorie le suit, et toi, tu fermes la marche. Ce n'est pas une question de lâcheté, et tes amis le savent très bien…

Dans le petit bâtiment qui tombe en ruine règne un désordre incroyable. Plusieurs urnes ont été renversées, et il y a de la cendre grise presque partout sur le plancher. Jean-Christophe contourne les cendres avec d'infimes précautions, car il faut tout de même être respectueux envers les morts…

Une odeur étrange flotte.

Tu cherches partout autour de toi pour voir si tu n'apercevrais pas le plan de la vieille dame sur la cendre. NON ! vous n'avez pas cette chance. Il va falloir fouiller dans une des trois urnes en céramique posées sur un meuble vermoulu, qui tient debout par miracle près du mur au fond, dans l'ombre...

Approche-toi du vieux meuble ! Il se trouve au chapitre 87.

OOUUAAHH !

— CE N'EST PAS UNE CHOSE À FAIRE LORSQUE LA SITUATION EST SI GRAVE ! te réprimande-t-elle.

— Ce n'était que pour détendre l'atmosphère ! lui réponds-tu. Je trouvais que tu étais terriblement tendue…

Jean-Christophe allume sa lampe et dirige le faisceau dans les profondeurs de l'escalier.

— Ce passage secret cache quelque chose de très important, c'est certain, en déduit-il.

Tu t'approches de lui pour regarder dans le cercueil.

— Euh ! fait Marjorie derrière eux. Est-il juste de dire « passage secret », lorsqu'il ne l'est plus ? Parce que… un passage est secret lorsque personne ne connaît son existence. Nous venons de le découvrir, alors c'est tout simplement un passage ordinaire.

Jean-Christophe te regarde d'un air découragé…

— M'énerve !

Tu souris à ton ami…

Marjorie enjambe le cercueil.

— Alors, on y va ou on se fait des crêpes ?

— M'énerve beaucoup ! répète Jean-Christophe.

Au chapitre 11.

Tu croises d'abord les doigts et tu choisis celle qui se trouve juste en face de toi. Pourquoi ? Parce qu'il y a des fleurs dessinées dessus, et les dames aiment beaucoup les fleurs, c'est très connu, voilà pourquoi...

Tu dévisses le couvercle. Jean-Christophe et Marjorie bougent nerveusement et commencent à s'impatienter. Tu leur souris, car un papier roulé se trouve à l'intérieur. Tu retournes le vase, et le rouleau tombe dans les mains de Marjorie. Elle le déroule et constate qu'il s'agit bel et bien d'un plan de labyrinthe.

— Alors voilà ! en conclut-elle. Si le plan existe, il y a de fortes chances que le labyrinthe existe aussi...

Tu la regardes, un peu étonné...

— Tu ne croyais pas l'histoire de la vieille dame ?

— Il ne faut pas toujours croire ce que les vieilles personnes nous racontent, t'explique Marjorie. Quelquefois, elles en ajoutent et même en inventent... Regarde l'histoire du fameux Bonhomme Sept Heures...

— JE NE SUIS PAS D'ACCORD ! protestes-tu. C'est une vraie histoire que celle du Bonhomme Sept Heures...

Tu veux entendre cette histoire ? Rends-toi au chapitre 2.

Tu préfères aller immédiatement étudier ton plan pour ensuite commencer l'exploration du labyrinthe ? Va alors au chapitre 50...

33

Ta salve de virus atteint les trois araignées.

SPLAAARB !

Très rapidement, les trois arachnides se retrouvent percés de plusieurs trous comme du fromage suisse. Ils s'affaissent tous les trois devant Marjorie, qui recommence à respirer.

Tu tires quelques coups pour exterminer les autres, et vous pénétrez dans l'immeuble. À l'intérieur, tu avances en conservant le doigt sur la gâchette. Quelques chandelles se consument ici et là. Il y a donc quelqu'un…

Des tableaux de personnages étranges vous regardent. Un petit frisson te parcourt le dos. Un gros cancrelat passe juste devant toi; tu retiens ton index. Avec le bout de ton arme, tu pousses une porte, et vous pénétrez dans un bureau sombre et poussiéreux.

Sur une table sont posés trois hauts-de-forme comme ceux que porte Johnny Catacombe. Tu cherches autour, dans la pénombre. Il ne semble pas être ici…

Dans une étagère aux vitres étonnamment propres, tu aperçois toute une série de grands albums de photos au chapitre 39.

34

À part les battements d'ailes des chauves-souris qui traversent le ciel sombre, c'est le silence total. Marjorie bouge la tête de gauche à droite; elle a aperçu quelque chose. Vous vous arrêtez, tous les trois. Plusieurs rats vous surveillent d'une caisse de bois pourrie. Le plus gros d'entre eux s'avance lentement vers vous. Sa bouche ensanglantée et fatiguée de mastiquer du bois veut de la vraie nourriture.

Tu grimaces en constatant que ton nom apparaît sur son prochain menu. Jean-Christophe attrape une planche transpercée par des clous et la lance dans la direction du rat pour l'effrayer. Comble de malheur, la planche s'abat sur le rongeur et l'écrase. Une glu verdâtre presque lumineuse coule de son corps. Un gros insecte s'échappe de sa bouche ouverte. Dégoûté, tu retiens ton estomac qui a envie lui aussi de faire sortir des trucs de ta bouche…

POUAH !

Jean-Christophe fait un pas dans la direction des autres rats pour les éloigner. Le chef de la meute écrabouillé, ils partent, effrayés, dans toutes les directions…

Jean-Christophe, fier de lui, vous lance un sourire.

— Ouais ! ouais ! j'avoue ! lui dit sa sœur Marjorie. Tu as réussi à nous en débarrasser, mais c'était quand même complètement dégueulasse, ton coup !

Tu te diriges avec tes amis au chapitre 58.

35

Le gros ver dégoûtant parvient à s'enrouler autour de la cheville de Marjorie, qui se met aussitôt à crier à pleins poumons. L'écho de son hurlement alerte d'autres vers, et des clapotis se font maintenant entendre de tous les tunnels… Tu as malheureusement l'impression que vous allez bientôt être complètement entourés. Tu frappes à grands coups de pied le ver qui se tortille à la jambe de ton amie. Aucune réaction : il semble immunisé contre les coups. Tu voudrais utiliser tes mains, mais il n'est absolument pas question de toucher à cette chose répugnante, même si la vie de ton amie en dépend.

Le gros ver monte lentement à la jambe de Marjorie, qui hurle sans diminuer le volume. Trois vers font leur apparition. Tu dégaines ton blogueur et tu tires. Les virus tombent dans le liquide et reviennent vers toi comme des boomerangs fous. Dans cet endroit, tu es l'ennemi et tout joue contre toi. Deux vers s'enroulent à tes jambes. Lorsque tu tombes, un troisième décide de visiter l'intérieur de ton corps par ta bouche…

FIN (horrible, et le mot est faible…)

36

Tu te mets à réfléchir... Se pourrait-il que tous ces objets n'aient jamais été perdus, mais plutôt... VOLÉS ?

C'est la seule hypothèse plausible qui expliquerait leur présence ici. Ce Johnny Catacombe ne serait qu'un vulgaire voleur ?

Tu examines les autres boîtes tout autour. Elles contiennent, elles aussi, des objets hétéroclites. Tu regardes les escaliers qui vont vers la voûte. Plusieurs monstres descendent avec des choses dans les mains. Quelques-uns ont même capturé des gens qui, traînés malgré eux, se débattent tant bien que mal. Insatisfait, cet ignoble personnage a décidé de passer à quelque chose de plus sérieux : il a décidé de kidnapper des gens...

De ta boîte provient soudain un chuchotement :

— PSITT ! tu es là ?

Tu reconnais la voix de ton amie.

— MARJORIE ! OÙ ES-TU CACHÉE ? DANS LA BOÎTE ?

— Pas si fort ! Tu vas nous faire remarquer, te répond-elle.

— Mais où es-tu ?

Allez au chapitre 70.

37

Elle est malheureusement verrouillée…

Tu agites le cadenas, mais il n'y a rien à faire. Tu gardes ton calme, car tu sais par expérience que tu réduis substantiellement tes chances de sortir de cet endroit de si tu t'énerves…

— Est-ce que vous avez vu, en arrivant ici, demandes-tu à tes amis, quelque chose qui ressemblerait à une dentition ?

Marjorie lève les yeux et se gratte le menton…

— Puisque tu le mentionnes maintenant, non ! réalise-t-elle tout à coup…

— Moi non plus ! te répond aussi Jean-Christophe.

— Alors, ce n'est pas bien compliqué, en conclus-tu. Nous ne sommes pas à l'intérieur d'un monstre gigantesque, nous nous trouvons dans la bâtisse même, qui, aussi incroyable que cela puisse paraître, est vivante…

— UN IMMEUBLE VIVANT ! EN VIE ! répète Jean-Christophe. Est-ce que c'est possible, ça ? demande-t-il ensuite en se tournant vers sa sœur.

— TOUT EST POSSIBLE ! lui répond-elle. Regarde, tu as réussi, l'autre jour, à faire le ménage de ta chambre…

Allez au chapitre 41.

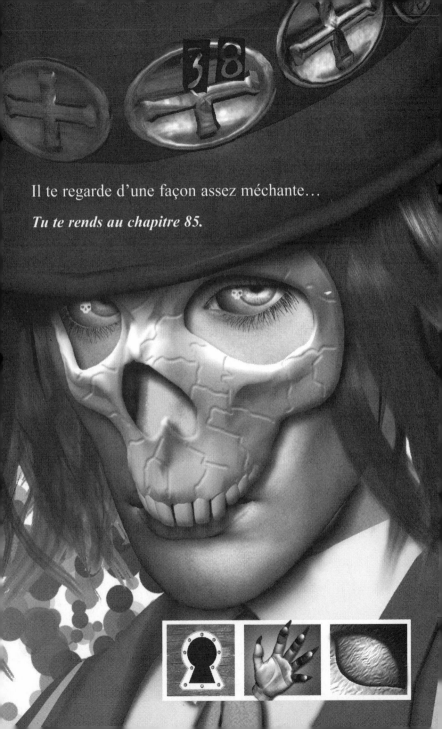

Il te regarde d'une façon assez méchante…

Tu te rends au chapitre 85.

Tu ouvres la porte.

Tu trouves très curieux que l'un d'eux porte sur son dos tes initiales. Tu le glisses d'entre les autres et tu le déposes sur le bureau.

Il est rempli de photos d'objets. À la première page, tu reconnais l'image de ton premier tricycle, celui que tu avais perdu. Tu te le rappelles très bien, car tu étais tellement chagriné…

Tu tournes à la page suivante et tu découvres qu'il y a sur celle-là une photo d'un collier avec un coquillage, tout comme celui que t'avait rapporté ta tante Roxanne de l'un de ses voyages sur une île… Tu te rappelles l'avoir perdu, lui aussi. Qu'est-ce que tout ça signifie ?

Tu tournes encore une page et tu aperçois un ballon de basket, celui-là même que tu avais oublié au parc…

Marjorie cherche dans l'étagère et trouve, elle aussi, un grand album portant ses initiales. Elle le feuillette et découvre tout plein de choses qu'elle a perdues au fil des années depuis sa tendre enfance. Idem pour Jean-Christophe…

Tous ces objets n'ont jamais été perdus, ils ont tout simplement été volés…

Allez au chapitre 62.

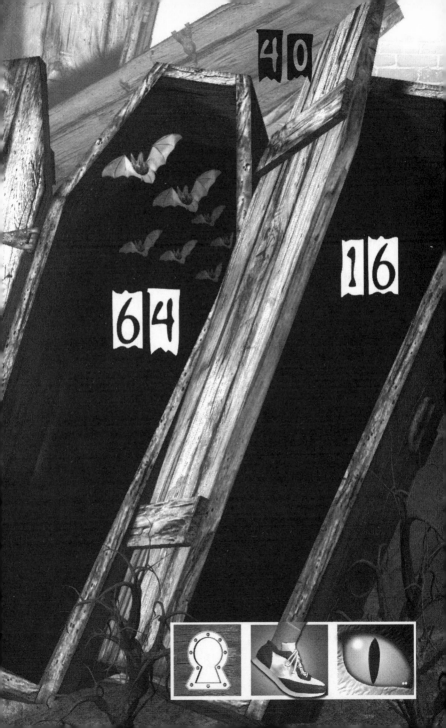

41

Vous observez le grand corridor mou, en vous demandant bien ce qu'il faut faire pour sortir de cet endroit.

— C'est la première fois que ça m'arrive ! s'étonne Marjorie, toute dépitée. Je ne sais vraiment pas comment nous allons quitter ces entrailles…

— Ne t'en fais pas, petite sœur, essaie de la réconforter son frère. Nous non plus, nous n'en avons aucune idée…

Marjorie se prend la tête entre les mains.

— MERCI ! tu m'encourages vraiment là, tu sais…

Un long et très gros ver parasite s'amène dans votre direction. Vous déguerpissez dans la direction opposée. Le gros ver se lance à votre poursuite.

Tu te croises les doigts… Est-ce que ce gros ver en mission de nettoyage va finir par vous attraper ?

Pour le savoir… TOURNE LES PAGES DU DESTIN !

S'il vous attrape, allez au chapitre 35.
Si la chance est avec vous et qu'il ne vous attrape pas, rendez-vous au chapitre 89.

— Pour laisser le temps aux autres d'arriver au festin, répond le mort-vivant à ton amie Marjorie…

Finalement, tu avais raison, mais tu as tout de même appris quelque chose de très important : c'est qu'il ne faut jamais faire confiance à des morts-vivants…

FIN

43

Tu pousses les portes battantes du musée. Tout de suite, tu es stoppé par deux gardiens de sécurité très costauds.

— BILLET, S'IL VOUS PLAÎT ! te crache l'un d'eux.

Tu regardes à droite et aperçois la billetterie. Tu t'y diriges en fouillant dans ta poche.

— C'EST COMBIEN ? demandes-tu à la dame au comptoir.

— C'est tarif réduit, aujourd'hui ! t'annonce-t-elle. C'est le jour de la fête du roi Johnny.

Tu fais une grimace chaque fois que tu entends cela…

— C'est 5 995 dollars ! te dit-elle.

— QUOI ? fais-tu, très étonné. C'est ça, votre tarif spécial ? Mais je n'ai pas ce montant sur moi.

— Alors tu ne peux pas entrer ! DÉSOLÉE !

Tu voudrais la pulvériser, mais tu te retiens. Tu te retournes vers les deux gardiens qui te surveillent toujours. Une porte de l'administration s'ouvre subitement, et un grand homme à cravate apparaît.

— C'EST UN REGRETTABLE MALENTENDU ! s'écrie-t-il en se dirigeant vers toi. Vous pouvez entrer, bien sûr ! GRATUITEMENT !

Et il te présente le tourniquet qui te conduit au chapitre 92.

44

Tu marches pendant des heures. Tu es tellement écœuré de voir des arbres autour de toi qu'ils te semblent maintenant tous pareils.

Devant toi, tu remarques deux gros cailloux... IDENTIQUES !

Deux écureuils montent simultanément sur les cailloux et font les mêmes gestes, en même temps en plus. Tu secoues la tête. Est-ce que tu vois double, maintenant ?

Tu te retournes vers tes deux amis, qui arrivent derrière toi avec qui ? Un autre toi-même...

Tu t'approches et tu commences à t'engueuler avec ton double. Mais ton autre toi-même parle en même temps que toi, et vous ne parvenez pas à communiquer. Quatre Jean-Christophe et trois autres Marjorie arrivent en gueulant eux aussi. Tu recules pour t'éloigner d'eux, mais ton dos heurte une douzaine de toi-même. Dans la forêt, des centaines de Jean-Christophe et de Marjorie apparaissent de partout. Tous hurlent très fort.

Tu te bouches les oreilles. Une armée de toi-même descend une colline et arrive vers toi en criant...

La forêt de multiplication, en as-tu déjà entendu... CRIER ?

FIN

45

— Alors ! fait-il en s'approchant de toi, tu n'as pas trouvé un endroit plus propre à squatter ? C'est fou comme ça sent mauvais ici !

— Ça sent la même chose dans ta chambre et tu ne te plains pas, lui lance Marjorie, qui arrive derrière lui.

Tu souris à tes amis.

— Tu aurais pu te cacher dans l'autre édifice fermé sur la rue Padebonsang, te dit Jean-Christophe. C'est une usine de parfum désaffectée. Là, ça doit sentir meilleur...

— J'y ai pensé, sauf que nous ne pouvons pas voir la boutique de là-bas..., lui expliques-tu.

Jean-Christophe réfléchit.

— Bon, d'accord ! dit-il tout simplement.

— Tu as pris des notes ? te demande Marjorie. Qu'est-ce que ça dit ?

Tu prends ton cahier et tu l'ouvres.

— Depuis 19 h, dix-sept clients sont entrés.

— Combien en sont ressortis ? veut savoir Jean-Christophe.

Tu prends une grande inspiration...

— Quinze ! Deux personnes ne sont toujours pas sorties de la boutique...

Allez au chapitre 81.

47

Tu remarques une porte très décorée, tout à fait à l'extrémité de la grotte. Tu t'y diriges d'un pas décidé, avec la certitude d'y trouver celui que vous cherchez…

Tu l'ouvres un peu, très lentement.

— Alors ! veut tout de suite savoir Marjorie. Il y a un monstre qui monte la garde ?

Tu lui réponds par un très discret signe de négation de la tête…

— Non ! il n'y a pas un monstre…

Tu ouvres d'un geste sec la porte toute grande…

— IL Y EN A DIX !

Dans le passage sont entassés une dizaine de monstres qui vous regardent avec hargne.

Marjorie tombe dans les bras de son frère.

— TIRE ! te hurle Jean-Christophe. MAIS QU'EST-CE QUE TU ATTENDS ? TIRE !

Tu places le blogueur et tu tires sans même viser. La salve de virus pénètre dans le passage et se met à ronger les monstres. Leurs ossements tombent sur le sol et gisent dans une épaisse glu frétillante, car les virus n'ont pas encore terminé leur festin…

Sautez tous les trois par-dessus ce ragoût infect jusqu'au chapitre 73.

48

Marjorie lève encore la lampe jusqu'au chapitre 98.

49

Tu recules et tu fais tomber tes deux amis sur le sol. Une longue patte poilue se pose sur ton torse. Tu glisses rapidement sur le dos. En reculant, ta main atterrit sur un crâne dont l'une des orbites contient encore un œil. Celui-ci te regarde. Les araignées à tête humaine s'engouffrent dans l'ouverture de la porte et arrivent vers vous.

Toujours sur le dos, tu te rends compte que tu as laissé tomber ton arme. Tu te mets à quatre pattes pour aller la chercher. Une araignée descend juste au-dessus de ta tête et pose ses longues pattes autour de toi. Tu es pris comme dans une prison. Jean-Christophe frappe le gros arachnide mutant avec une branche et parvient à te libérer. Trois araignées ont réussi à cerner Marjorie entre le corbillard et la clôture. Tu bondis et tu saisis ton blogueur…

— BAISSE-TOI ! hurles-tu à ton amie…

Tu pointes ton arme et tu tires. Vas-tu réussir à les atteindre ?

Pour le savoir… TOURNE LES PAGES DU DESTIN !

Si tu réussis à les atteindre, rends-toi au chapitre 33.
Si, par contre, tu les as complètement ratés, va au chapitre 12.

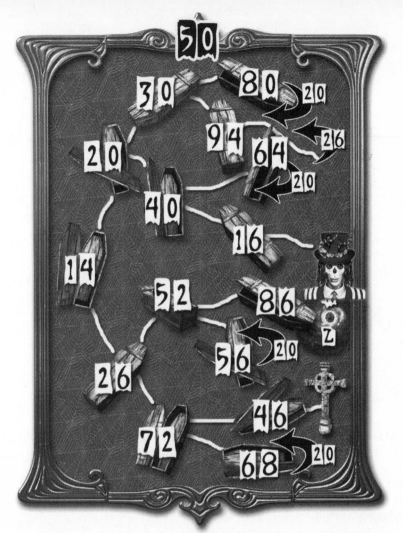

Commence l'exploration du labyrinthe au chapitre 27. *N'OUBLIE PAS ! Tu peux consulter ce plan à n'importe quel moment dans ton histoire. Tu n'as qu'à te rappeler le numéro de ce chapitre...*

51

Ses deux bras te saisissent, et le monstre t'emporte. Ton arme tombe sur le sol. Tu tentes de te dégager, mais rien à faire. Il t'emporte dans une interminable succession de tunnels et de passages. Il te sera impossible de te rappeler le parcours si jamais tu parviens à te libérer.

Il t'entraîne dans une très grande grotte qui semble servir d'entrepôt. Partout, des centaines d'échelles et autant d'escaliers montent vers la voûte, très haute au-dessus de ta tête. Des milliers de grosses caisses contiennent un butin hétéroclite d'objets de toutes sortes. Au loin, dans des cages, tu aperçois tous les amis de l'école emprisonnés. Leurs vêtements sont sales. Ils semblent fatigués et mal nourris.

Le monstre ouvre une cage infecte et te lance à l'intérieur. Il verrouille la porte avec un cadenas gigantesque et inatteignable. Tenter de le forcer sera impossible…

Tu hurles à pleins poumons pour te faire entendre des autres qui sont comme toi emprisonnés. Aucune réponse. Cette grotte est trop grande. Fatigué de t'époumoner, tu t'assois sur le plancher de la cage. Du coin de l'œil, tu aperçois un yoyo rouge identique à celui que tu avais lorsque tu étais plus jeune.

Rends-toi au chapitre 17.

53

Incapable de retenir ton souffle plus longtemps, tu sors la tête. Hors de l'eau, tu prends une grande inspiration. Sur ta tête, quelques fourmis se promènent dans tes cheveux. Tu voudrais replonger, mais une fourmi plutôt effrontée se met à descendre sur ton nez. Tu restes immobile, paralysé par la situation. Tu voudrais l'empêcher de pénétrer dans ton nez, mais tu en es incapable…

La bestiole se glisse dans ta narine et disparaît à l'intérieur de ta tête. Tu la sens passer derrière tes globes oculaires. Une deuxième parvient à pénétrer dans l'orifice de ton oreille gauche. Tu secoues la tête, mais il est trop tard. Une troisième et une quatrième entrent par ton oreille droite.

Ton cerveau te chatouille horriblement. Tu cours jusqu'à une clinique où un médecin incrédule te dit te prendre deux comprimés et de te reposer. Le lendemain, à l'école, pendant ton exposé oral, les élèves de ta classe sont horrifiés de voir toutes ces fourmis qui sortent de ta bouche chaque fois que tu prononces un mot…

FIN

— Lampe de poche, corde, calepin de notes, eau bénite, croix, pansements, etc. ! AH OUI ! j'allais oublier…

— Quoi ? lui demande son frère Jean-Christophe.

Marjorie sort de son sac un pistolet brillant muni d'un très gros canon.

— Je vous présente ma dernière création, dit-elle fièrement. MON BLOGUEUR ! C'est une arme hyper puissante. Elle projette des petits virus qui rongent la peau. Aucune créature ou aucun monstre ne peut résister.

— C'est efficace pour quelqu'un qui est à la diète ?

— IDIOT !

— Rongent la peau des créatures et des monstres ? répètes-tu, un peu dégoûté. Ça ne doit pas être très beau à regarder, ça, des virus qui rongent la peau d'un monstre…

— EFFECTIVEMENT ! te confirme-t-elle. Si jamais tu dois l'utiliser, je te conseille juste une petite chose : si tu rates ton coup, enfuis-toi dans une autre direction. Par contre, si tu réussis, regarde ailleurs. Mon blogueur est peut-être très efficace, mais le résultat est totalement dégoûtant…

— Range ton flingue débile, lui demande son frère. Et allons-y…

Au chapitre 93.

55

Tu appuies doucement sur la gâchette…

— STOP ! te supplie Johnny Catacombe, réalisant que les rôles viennent de changer. Avant que tu appuies sur ton arme, je voudrais comprendre pourquoi tu n'as pas été ensorcelé par la musique ? Je veux juste savoir par quel phénomène tu as été capable de réaliser un tel prodige. Qui ou quel maître t'a enseigné l'art de contrer les sortilèges noirs ?

— MON PÈRE ! lui réponds-tu en le gardant bien en joue. C'est grâce à mon père…

— Ton père ! s'étonne Johnny Catacombe. Il est un grand mage ou une sorte de sorcier ?

— Non ! c'est un ronfleur…

Johnny Catacombe ne semble pas saisir.

— C'est quoi, un ronfleur ? cherche-t-il à comprendre. C'est une nouvelle caste de sorciers aux pouvoirs impressionnants ?

— Non ! un ronfleur est une personne qui ronfle la nuit et qui empêche les autres de dormir. J'ai trouvé, dans la caisse des objets que tu m'as dérobés, des bouchons de cire que j'utilisais la nuit lorsque mon père effectuait une de ses mémorables et très bruyantes performances.

Allez au chapitre 100.

56

20

57

Tu files comme un boulet de canon vers le trou dans le mur. La créature bondit sur ses jambes et n'alerte pas les autres, car elle veut vous garder juste pour elle… QUEL FESTIN CE SERA !

Tu t'éjectes de ce dortoir infesté de monstres et tu descends une échelle. Plus bas, vous aboutissez dans la cabine de pilotage d'un curieux appareil stationné dans une grotte. L'appareil est muni d'un mécanisme de forage à l'avant. Marjorie ferme l'écoutille juste comme la créature arrive. Frustrée que vous lui ayez échappé, elle martèle à grands coups de poing la coque. Ses coups résonnent dans toute la cabine.

La clé a été laissée dans le démarreur, quelle chance ! Tu la tournes, et le gros moteur se met à vrombir. Tu pousses un levier au hasard et vous avancez vers la paroi de roche. Tu en tires un deuxième, et le mécanisme se met à creuser dans la paroi. QUELLE CHANCE !

Vous descendez des kilomètres jusqu'à un immense creux rempli de lave bouillonnante. Tu essaies d'arrêter l'appareil, mais les commandes ne répondent plus. La lave a sans doute commencé à dissoudre les différents mécanismes. Vous commencez à avoir vraiment chaud. Le plancher de l'appareil devient de plus en plus rouge.

FIN

Tu prends une grande inspiration et, déjà, ça va un peu mieux. Où en étiez-vous ? Ah oui ! le corbillard. Ce satané et très dégoûtant rat t'avait presque fait oublier ta destination. Tu tournes ton regard vers le véhicule et tu t'arrêtes… Tu as soudain l'impression que quelque chose a bougé. Marjorie et Jean-Christophe s'approchent de toi.

Tu examines le corbillard. Si tu crois que tu n'as qu'une fausse impression et que rien n'a bougé, rends-toi alors au chapitre 15. Si tu penses par contre qu'il y a quelque chose de différent, va au chapitre 77.

59

— Mais comment tu as fait pour t'échapper de ta cage ? veut comprendre sa sœur. Tu étais enfermé sous clé, tout comme moi.

— Tu ne me croiras pas, lui dit Jean-Christophe. J'ai retrouvé ma clé passe-partout dans la caisse. Tu sais, celle qui ouvre à peu près toutes les serrures. Elle était là, avec tous mes autres effets perdus…

— Ton passe-partout ! répète alors Marjorie. Ouvre-moi tout de suite…

Jean-Christophe s'exécute aussitôt. Marjorie reprend le contact avec toi par l'intermédiaire de son émetteur.

— Nous allons te secourir, t'annonce-t-elle. Où te trouves-tu ?

Tu observes les alentours.

— Il y a trois escaliers identiques près d'un mur en pierre gris, lui indiques-tu. Je suis juste à côté, à droite.

De longues minutes passent, jusqu'à ce que tu aperçoives tes amis contourner des colonnes qui soutiennent la haute voûte. Rapidement, Jean-Christophe parvient à ouvrir le gros cadenas. Tu sors de la cage, et vous faites très vite, tous les trois, le tour de la grotte afin de libérer les autres prisonniers.

Au chapitre 10 maintenant…

60

Il y a une bonne demi-heure que vous marchez à quatre pattes, comme des animaux. Tes genoux te font horriblement souffrir, et tu as fait des trous dans ton jeans neuf. Tu appréhendes déjà la confrontation avec tes parents, eux qui ont payé vraiment cher ce jeans *TRÈS TENDANCE* que tu désirais ABSOLUMENT ! Tu les entends d'ici :

« C'est bien la dernière fois que nous t'achetons une paire de jeans de ce prix-là. Toi qui avais promis de lui porter une attention spéciale, *à la prunelle de tes yeux* ! Tu nous l'avais juré. À l'avenir, nous ne t'achèterons que des jeans à rabais, comme ceux que tu détestes tant... »

Tu es tout à coup distrait par une lumière vive, aussi vive que le soleil. Pourtant, le lever du soleil n'est prévu que dans plusieurs heures...

Une musique semblable à celle des jeux vidéo résonne soudain. SUPER ! Tu te retrouves dans une *WARP ZONE*, comme dans les jeux vidéo...

Ferme ton livre et ouvre-le au hasard. Tu es maintenant rendu à ce chapitre dans ton aventure... J'espère que tu as eu de la chance !

AH OUI ! la traversée d'une *warp zone* répare AUSSI les trous dans les vêtements... CE N'EST PAS POSSIBLE COMME TU AS DE LA CHANCE, TOI !

61

Tu agites frénétiquement tes mains sur tes vêtements en hurlant de frayeur.

— AAAAAAAHH !

Quelques fourmis grimpent maintenant sur tes bras et se dirigent vers ton visage. Marjorie fouette tes vêtements avec un bout de branche pourvu de feuilles séchées. Tu sens tout à coup de la douleur un peu partout sur ton corps.

— AÏE ! ELLES ME PINCENT !

Méthodiquement et avec une certaine rapidité d'exécution, Jean-Christophe entreprend de les enlever les unes après les autres avec… SES DOIGTS !

Marjorie observe son frère, qui grimace lui aussi de douleur, car les fourmis lui pincent le bout de l'index et du pouce. Tu sens que ton dos est complètement envahi. Avec l'énergie du désespoir, tu te mets à courir vers la fontaine de la rue principale. Des fourmis ont atteint ton cou. Tu te grattes. À deux mètres de la fontaine, tu fais un grand saut et tu plonges dans l'eau. Presque instantanément, la douleur s'estompe.

Couché au fond de la fontaine, tu te pinces le nez. À la surface, tu aperçois des dizaines de fourmis qui pataugent maladroitement…

Rends-toi au chapitre 13.

62

Tu t'approches de la table pour examiner maintenant les chapeaux. Peut-être que Johnny Catacombe tire un certain pouvoir de ces attributs ridicules. Tu es très tenté d'en essayer un... MAIS LEQUEL ?

Rends-toi au chapitre inscrit sous le chapeau que tu auras choisi...

63

Tu te retournes et tu constates que tes deux amis sont déjà loin dans le tunnel. Tu cours à toutes jambes derrière eux.

— ATTENDEZ-MOI !

Le faisceau de la lampe de Marjorie te guide. Sur tes talons, le monstre grogne et rugit telle une bête à la poursuite de sa proie. Tu détestes ce genre de situation. Tu voudrais te retourner et faire feu de ton arme, mais tu n'aurais même pas le temps de viser que le monstre serait sur toi.

Tu aperçois les silhouettes de tes amis qui s'engouffrent dans le sol. Lorsque tu arrives à leur hauteur, tu constates qu'ils sont tombés dans une sorte de piège et que la trappe se referme sur eux. Tu sautes par-dessus et tu atterris de l'autre côté. Le monstre, également agile, t'imite et arrive à un mètre de toi.

Il étend ses deux bras musclés vers toi. Tu te croises les doigts… Est-ce que ce monstre va t'attraper ?

Pour le savoir… TOURNE LES PAGES DU DESTIN !

S'il t'attrape, va au chapitre 51.
Si la chance est avec toi et que tu as réussi à t'enfuir, rends-toi au chapitre 25.

65

Tu saisis le premier et tu te mets à l'examiner. Il a l'air d'un chapeau bien ordinaire. Il est un peu poussiéreux, mais c'est tout. Il possède peut-être une quelconque propriété magique ? Il n'y a qu'une façon de le savoir. Lorsque tu essaies de le poser sur ta tête, le chapeau tombe sur le sol et toi, tu disparais dans une autre dimension, enfin, à ce qu'il te semble !

Tu tournes longtemps dans le vide, entre des étoiles et des lumières vives qui t'aveuglent. Violemment, tu arrives face première contre un sol solide. Tu voudrais crier ta douleur, mais tu préfères te taire, car tu n'as aucune idée où tu es maintenant…

Il fait très noir. Tu marches de longues minutes jusqu'à ce que ta tête percute un mur.

De la lumière filtre à tes pieds. Tu te penches et tu réussis à te glisser à l'extérieur. Il y a deux super géantes espadrilles devant toi. Tu lèves la tête…

C'EST MARJORIE !

Tu essaies de crier, mais tu es trop minuscule. Tes amis quittent le bureau. Tu tentes de les suivre, mais tu es arrêté par le gros cancrelat de tantôt qui te regarde avec appétit… Tu aurais dû l'écraser lorsque tu en avais la chance…

FIN

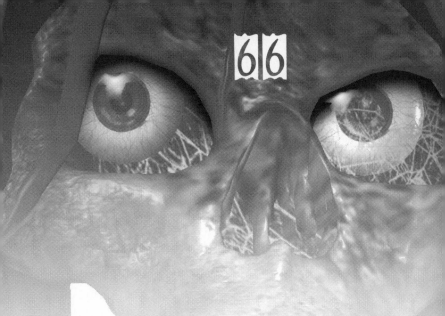

Devant votre inertie, Marjorie se décide à te passer son blogueur. Tu prends son arme discrètement et tu la places devant toi, en ne quittant pas des yeux le mort-vivant. Tu places ton index sur la gâchette. Le mort-vivant demeure lui aussi immobile. Le silence te force à réfléchir.

Devrais-tu appuyer sur la gâchette du blogueur pour en finir au plus vite avec cette créature ? Si tu crois que oui, va au chapitre 96.

Penses-tu au contraire que tu pourrais faire preuve d'un minimum de politesse, même dans ce genre de situation ? En fait, tu pourrais essayer d'engager la conversation avec ce mort revenu à la vie. Peut-être que tu apprendrais des choses importantes… Si tu penses que oui, rends-toi au chapitre 28.

67

À la sortie de la clinique, vous êtes arrêtés par une dame en fauteuil roulant.

— Pardon, madame ! s'excuse Jean-Christophe auprès d'elle. Nous sommes pressés. Cette personne, qui vient tout juste de décéder… (Caché sous le drap blanc, tu te retiens pour ne pas rire.) Oui ! cette personne tient plus que tout à être inhumée dans le vieux mausolée de l'ancien salon mortuaire de Sombreville.

— Le vieux mausolée ? répète-t-elle. Quelle drôle de coïncidence ! J'y travaillais autrefois. Saviez-vous qu'il y a un labyrinthe près de ce vieux bâtiment ? L'entrée se trouve dans un des cercueils entassés dans la cour. Pour m'y retrouver, j'avais tracé autrefois un plan que j'avais dissimulé dans une urne. Ah ! que de magnifiques souvenirs vous me rappelez ! Ce fut un grand plaisir de discuter avec vous, jeunes gens. Vous allez m'excuser, mais je dois rencontrer mon médecin dans quelques instants…

Jean-Christophe et Marjorie se regardent. Ils n'ont même pas eu le temps de prononcer un seul mot…

Tu enlèves le drap et tu débarques de la civière pour retourner à l'entrée du mausolée au chapitre 95.

69

Vous marchez longuement jusqu'à ce que vous atteigniez une construction circulaire qui semble perdue dans une forêt. Vous vous mettez à examiner attentivement l'endroit…

— Je suis certain qu'il s'agit d'un temple voué à des rituels de sacrifices, en déduit Jean-Christophe. Il y a un autel au centre, avec un liquide rouge semblable à du sang. Cet endroit est retiré de la civilisation, c'est parfait pour commettre ce genre d'horreur… Je ne peux pas croire que de telles vilenies sont encore commises de nos jours. Il faut prévenir les autorités…

Tu te mets à rire très fort.

Jean-Christophe, lui, ne trouve pas ça drôle.

— MAIS DIS-MOI POURQUOI ÇA T'AMUSE ! s'emporte-t-il. Il y a des crimes crapuleux qui sont commis ici, des gens meurent… SACRIFIÉS !

— Tu te trompes, mon cher ami, lui expliques-tu. Cet endroit n'est pas un temple, mais quelque chose de bien plus terrifiant encore…

Rends-toi au chapitre 9 pour le découvrir…

70

— J'ai oublié de te dire qu'il y avait un émetteur-récepteur sur mon blogueur, te révèle ton amie. Toi, où es-tu ? As-tu le blogueur avec toi ?

— Donne-moi quelques secondes et je te reviens…

Tu lances le yoyo dans la boîte et, par une chance incroyable, le fil s'enroule autour du manche de l'arme…

— Je n'ai rien perdu de mon adresse avec ce jouet, malgré toutes ces années, fais-tu fièrement.

— Quoi ? te demande Marjorie. Qu'est-ce que tu as dit ?

— Rien ! Attends un peu…

Tu tires l'arme vers toi et tu l'examines. Elle semble intacte et toujours fonctionnelle.

— Allô ! Marjorie ! Est-ce que tu m'entends ? Est-ce que ton frère est avec toi ?

— Oui ! il n'est pas très loin de moi, dans une autre cage. Tu ne me croiras pas, poursuit-elle dans un petit émetteur qui renvoie sa voix vers le blogueur, mais il y a une grande caisse remplie d'objets que j'ai perdus au cours de ma vie, c'est incroyable. Mon ballon de plage, ma casquette, mon premier tricycle, mon sac d'école lorsque j'étais en première année.

Rends-toi au chapitre 3.

71

Sous l'arche est cachée une autre porte toute cloutée. Tu t'y diriges d'un pas décidé. Le blogueur braqué directement devant toi, tu examines les alentours, à l'affût de la moindre créature. Des chauves-souris vampires passent au-dessus de ta tête. Elles sont très faciles à identifier, celles-là, car du sang s'écoule toujours de leur gueule. Tu essuies les quelques gouttes tombées sur ton bras… Tu pointes ton blogueur dans leur direction.

— Elles sont beaucoup trop loin, te dit Marjorie. C'est inutile.

— Il va falloir régler leur cas une fois pour toutes, promet Jean-Christophe. Ces créatures déciment des troupeaux de bovins entiers, elles sont une vraie plaie. Ce n'est pas très joli, une vache vampire…

— Si nous arrivons un jour à trouver leur repaire, lui rappelle Marjorie. L'entrée de leur grotte sur le flanc de la montagne est introuvable; nous avons tant de fois essayé…

— Peut-être que, justement, elles ne se cachent pas là-bas, leur dis-tu. Le clocher de l'église abandonnée ferait un antre parfait, et personne ne va à cet endroit depuis fort longtemps…

Tu pousses la grande porte au chapitre 22. Derrière elle, il y a…

72

46

68

73

Plus vous avancez et plus le passage s'assombrit. À l'extrémité, vous parvenez à une grande salle ronde. Des petits jets de lumière tournent autour de vous. Tu as déjà vu ce genre d'éclairage. Tu lèves la tête au plafond. Tu avais bien raison, une boule en miroir tourne au-dessus de vos têtes…

Marjorie lève les épaules :

— C'est quoi, cet endroit ?

— Une salle de danse, je crois ! lui réponds-tu sur un ton teinté de doute…

Une musique plutôt macabre résonne soudain. Tu te mets à danser malgré toi…

— HÉ ! HOLÀ ! s'écrie Marjorie. Je suis incapable de m'arrêter…

Jean-Christophe danse lui aussi.

Un rire cruel et ténébreux se fait soudain entendre au milieu des notes. Tu te doutes bien de qui il s'agit. Tu tentes de prendre le blogueur accroché à ta ceinture, mais ce n'est pas toi qui contrôles tes muscles.

Une grande silhouette apparaît de derrière deux portes coulissantes…

… au chapitre 38.

74

Tu saisis la troisième urne et tu tentes de la soulever. IMPOSSIBLE ! Elle semble fixée au meuble avec une super colle. Avec tes amis, vous conjuguez vos forces et vous parvenez à la faire pivoter. Tu t'écartes et constates avec horreur que vous venez d'actionner un mécanisme.

Un grand bras mécanique descend vers toi et te saisit la tête. Tu tentes de te dégager, mais tu es soulevé au-dessus d'une trappe qui vient de s'ouvrir dans le plancher. La tête comme dans un étau, tu es descendu un étage plus bas. Tes amis hurlent :

— NE BOUGE PAS ! NOUS ARRIVONS !

— Mais comment, « ne bouge pas ! », gémis-tu, la tête entourée de métal. Si je pouvais bouger, je ne serais pas dans ce pétrin…

Autour de toi, tu aperçois une vieille machinerie qui servait à introduire les cendres des défunts dans les urnes…

— MAIS ! remarques-tu tout de suite, cette machine démoniaque va me mettre dans une urne ! Il n'y a pas assez de place dans ce minuscule vase en céramique pour moi…

Jean-Christophe et Marjorie arrivent en bas quelques minutes trop tard… Sur un convoyeur, huit vases portant ton nom défilent devant eux…

FIN

75

Tu avances vers le mausolée. Tu sais, par expérience, que cette petite construction en piètre état abrite sans doute encore quelques urnes oubliées remplies des cendres de défunts abandonnés. Tu n'as donc pas, cette fois-ci, à t'inquiéter des squelettes qui sortent de leur cercueil et qui reviennent à la vie, mais plutôt des âmes errantes en quête de vengeance…

Les murs sont lézardés et menacent de s'écrouler. Par la double porte à demi ouverte, tu entrevois des tablettes tombées et des vases renversés. Tu pousses un peu la porte afin d'entrer. Elle craque, se brise et quitte ses gonds. À deux mains, tu essaies de la tenir devant toi pour qu'elle ne te tombe pas dessus. Le bois est froid et mou. Tu sens quelque chose frétiller sous les couches de peinture qui s'écaillent. Toute pourrie, la porte est infestée de fourmis. Tu pivotes et tu la laisses tomber sur le sol, entre tes amis qui s'écartent au dernier moment…

— MAIS QU'EST-CE QUE TU FAIS ? s'emporte Marjorie, rouge de colère. Tu as failli nous écrabouiller !

— Je suis désolé ! La porte est pleine de fourmis, et je les sentais bouger, c'était dégoûtant…

Jean-Christophe aperçoit plusieurs de ces insectes qui se promènent sur ton chandail.

Va vite au chapitre 61.

76

Les personnes qui avaient besoin de soins s'étendaient sur une table, et l'homme en question utilisait quelques techniques très rudimentaires pour apaiser leurs douleurs musculaires. Souvent, on pouvait entendre craquer leurs os.

Les jeunes enfants entendaient les bruits macabres des os qui craquaient et les plaintes de leurs parents. Chaque fois que le traitement commençait, ils se cachaient et se bouchaient les oreilles.

À la longue, c'était devenu un automatisme. Lorsqu'un de ces hommes pénétrait dans une demeure, les enfants partaient se cacher, car ils ne voulaient pas subir, eux aussi, ce douloureux supplice. Bien entendu, ils ne comprenaient pas vraiment ce qui se passait.

Ces hommes étaient des *bone setters*, ce qui veut dire en français « ceux qui replacent les os ». L'appellation de *bone setter* passa phonétiquement au français et devint tout simplement « Bonhomme Sept Heures ». C'était une bien drôle de coïncidence, car ces *bone setters* pratiquaient autour de cette heure-là, dans la soirée…

Tu connais la vraie histoire ! Maintenant, va retrouver le plan du labyrinthe au chapitre 50…

77

Ton grand sens de l'observation vient peut-être de vous sauver d'un tas de problèmes, car une main décharnée pendait, inerte, de la portière ouverte du corbillard. Tu pointes le doigt en direction du membre répugnant. Marjorie et Jean-Christophe te font tous les deux un signe de la tête. Ils l'ont aperçu eux aussi.

Tu avances tout de même vers le corbillard. Tu étires le cou pour regarder dans l'ouverture. Il fait trop noir pour voir quoi que ce soit. Du bout des doigts, tu tires sur la portière; la main s'agite.

— Est-ce que vous allez bien, monsieur ? demandes-tu pour montrer que tu ne cherches pas la bagarre, mais plutôt que tu veux offrir ton aide.

À l'intérieur du corbillard, une forme tressaille et bouge.

La main s'agrippe à la portière. Tu recules en poussant tes amis derrière toi. Une autre main attrape la carrosserie rouillée. Lentement, le corps sombre s'extirpe de la voiture. Vous attendez tous les trois comme des imbéciles, sans bouger. La tête aux longs cheveux sales, penchée sur le torse, roule de gauche à droite et se lève pour vous regarder…

Allez au chapitre 66.

78

Tu prends le deuxième chapeau et tu le portes tout de suite à ta tête. Tu ne remarques tout d'abord aucun changement s'opérer en toi. Quelques secondes passent et tu te sens soudain très étrange. Tu as comme le goût de traverser ce mur devant toi…

Tu lèves les épaules et tu t'y diriges. Tu passes tout d'abord le bout des doigts. Bon, ça chatouille un peu, mais tes doigts traversent le mur, comme s'il n'existait pas…

— WOW ! ce chapeau m'a transformé en fantôme.

Tes deux amis te sourient, car ça semble beaucoup t'amuser.

— S'AMUSER ! OUI ! décides-tu. C'est ce que nous allons faire.

Tu te rends chez toi, question d'effrayer tes parents et de rigoler un peu. Arrivé devant ta maison, tu fonces vers le mur qui donne sur leur chambre. C'est parfait ! Ils dorment tous les deux. Tu te mets à pousser des cris lugubres. Ton père s'assoit carrément dans son lit, le visage tout en grimace. Ta mère, elle, semble étrangement moins effrayée. Elle se lève et se dirige vers la cuisine. Elle revient en bâillant et vaporise sur toi un produit qui te fait disparaître instantanément, comme le dit l'étiquette sur le vaporisateur : *Vous débarrasse des revenants… INSTANTANÉMENT !*

FIN

79

Tu avances avec ton blogueur pointé sur lui. Johnny Catacombe te sourit. Il a l'air plutôt sûr de lui. La présence de ton arme ne semble pas l'intimider. Tu te demandes bien pourquoi. Lorsque tu soulèves le blogueur pour le viser, une main osseuse attrape ton arme et te l'arrache des mains. Tu voudrais bien la reprendre, mais le squelette la pointe maintenant sous ton menton. Tu te retournes vers Johnny Catacombe. Il se lève sans dire un seul mot et avance vers toi. Ses yeux sont cachés par son chapeau haut-de-forme. Il lève la tête vers toi. Un sourire machiavélique décore son visage.

— C'est moi que tu cherchais ? te dit-il d'une voix éteinte et presque morte… Eh bien, tu m'as trouvé. Qu'est-ce que tu vas faire maintenant, seul et désarmé ?

— OÙ SONT MES AMIS ? lui intimes-tu de te dire.

— Si j'étais à ta place, je me soucierais plus de mon propre sort, te conseille-t-il en guise de réponse.

Il penche la tête vers toi. Un grand serpent venimeux glisse et se tortille dans les obturations de son grand chapeau. Le serpent ouvre sa mâchoire. Ses crocs affûtés s'enfoncent dans la peau de ton cou. Tout devient noir, très noir…

FIN

81

Jean-Christophe étire le cou vers la fenêtre.

— Est-ce que le commerce est fermé ? voulait-il savoir.

— Ça fait quinze minutes ! L'enseigne s'est éteinte il y a un bon quart d'heure, lui réponds-tu.

— Je m'en doutais. Maintenant la preuve est faite ! s'exclame Marjorie. Les jeunes de l'école ont commencé à disparaître lorsque cette boutique a ouvert ses portes, lundi. J'avais raison ! J'ai toujours raison ! Ça fait neuf disparitions en tout !

— Tu veux une médaille, peut-être ? lui lance son frère.

— Oui et pas en chocolat ! Une vraie !

— ARRÊTEZ ! leur intimes-tu, fatigué par une autre de leurs petites querelles sans importance. Qu'est-ce qu'on fait, maintenant ? Nous allons voir les policiers ?

— JAMAIS ! te dit Marjorie. Tu connais leur discrétion. Ils vont arriver en trombe comme des chiens dans un jeu de quilles. Après, il n'y aura pas moyen de savoir ce qui s'est passé.

— Marjorie a raison, renchérit Jean-Christophe. C'est trop risqué ! Si nous voulons trouver toutes les personnes disparues, il faut agir avec circonspection.

Rendez-vous au chapitre 21.

Tu poses sur ta tête le troisième chapeau. Autour de toi, tout disparaît subitement. Il n'y a plus que de vastes étendues désertiques piquées de carcasses d'immeubles. Énervé, tu le soulèves, et tout disparaît. Tu es revenu où tu étais, et tes deux amis te regardent.

—Et puis ? te demande Marjorie. Tu as disparu quelques secondes, et puis tu as réapparu. Où as-tu été transporté ?

Tu réfléchis quelques secondes et tu remets le chapeau. Les étendues réapparaissent. Tu examines le paysage et tu en déduis que lorsque tu portes ce chapeau, tu es transporté dans l'avenir.

Tu enlèves encore le chapeau…

Tes amis sont, une fois de plus, éberlués de te voir te matérialiser devant eux.

—NE BOUGEZ PAS ! leur demandes-tu avec une idée derrière la tête. Je reviens dans quelques minutes…

Tu déposes encore une fois le chapeau sur ta tête…

… et tu quittes les lieux en direction du chapitre 97.

83

Tu te diriges vers la trappe qui semble donner accès à une cave. Le loquet, traversé par un gros cadenas, est très rouillé. Lorsque tu le soulèves, il se brise en plusieurs morceaux et te reste dans la main. Tu le lances au loin et tu soulèves un peu la première porte. De la lumière filtre au bout d'un escalier en métal, lui aussi très rouillé, et donc pas en très bonne condition.

Tu hésites à y poser un pied, et avec raison. Tu saisis un bâton et tu testes la première marche…

TOC ! TOC !

BON ! Celle-là, ça va ! Tu y poses le pied. Tu vérifies chacune d'elles au fur et à mesure que tu descends au sous-sol. Là, tu donnes le signal à tes amis de descendre, eux qui attendaient, peinards, ton ordre.

Vous avancez tous les trois dans la noirceur. Tu te rappelles soudain avoir aperçu de la lumière plus tôt, alors pourquoi fait-il noir maintenant ? Jean-Christophe allume sa lampe et, autour de vous, vous découvrez des silhouettes poilues étendues sur le sol boueux.

Marchez jusqu'au chapitre 90.

84

Tu pointes ton arme sous le menton du valet...

— LE ROI JOHNNY ! lui répètes-tu. Comment cela se fait-il que cet être ignoble soit devenu un monarque ? Parle, sinon je fais laver tes os de toute ta chair...

Le valet conserve toujours le même air, malgré ta menace.

— Mon maître est le plus grand collectionneur que la terre ait porté. Il a commencé par voler des petites choses insignifiantes, telles vos babioles d'enfants. Ensuite, il a dépouillé toutes les familles en s'appropriant leur fortune. Enfin, il les a TOUTES kidnappés. Il a pu ouvrir le plus grand de tous les musées du monde pour étaler sa collection. La colère fait tourner ton visage au rouge...

Si cela vous intéresse, te propose le valet, vous pouvez visiter le musée, qui est tout près d'ici, derrière le château. C'est la plus grande attraction que vous verrez de votre vie, je vous l'assure.

Tu recules en tenant toujours le valet en joue...

— Vous allez transmettre ce message à votre maître, lui demandes-tu avant de t'éclipser. Dites-lui que je vais libérer tout le monde et que je reviendrai ensuite. Il pourra commencer une toute nouvelle collection... UNE COLLECTION DE COUPS DE PIED DANS LE DERRIÈRE !

Tu pars en courant vers le chapitre 43.

Johnny Catacombe s'approche de Marjorie. La peur peut se lire sur le visage de ton amie. Jean-Christophe et toi, toujours sous l'emprise d'un obscur sortilège, évoluez sur la piste de danse. Tu as beau te concentrer, il n'y a rien à faire, tu es comme obligé de suivre la musique.

Johnny Catacombe saisit les mains de Marjorie et se met à danser avec elle. Ton amie tente de résister, mais elle est, elle aussi, envoûtée tout comme vous…

LA MUSIQUE ! réalises-tu soudain. La musique est la source de ce sortilège. Tu attends patiemment que la musique s'arrête quelques secondes. Là, avant que l'autre pièce recommence, tu mets ton plan à exécution…

Les index dans les trous de tes oreilles, tu avances vers Johnny Catacombe. Johnny réalise que tu as trouvé la façon de te soustraire à son sortilège. Il se met à rire à gorge déployée en te voyant dans cette position…

— BRAVO ! te félicite-t-il, mais qu'est-ce que tu vas faire maintenant ? Si tu enlèves un seul doigt, tu seras de nouveau envoûté. Tu ne peux rien faire contre moi dans cette position ridicule.

Il se met encore à rire très fort…

Il a malheureusement raison ! Va au chapitre 23.

87

Tous les trois face aux urnes, vous attendez que l'un de vous se porte volontaire. Après une minute de silence, Jean-Christophe se met à siffler et à regarder le plafond, tandis que sa sœur Marjorie fait semblant d'attacher le lacet de son espadrille…

— BON ! j'ai compris ! t'exclames-tu devant leur peu d'enthousiasme et de collaboration…

Rends-toi au chapitre inscrit sous l'urne que tu auras choisie…

88

Vous enjambez la porte arrachée de la clôture et vous entrez tous les trois dans la cour. Le véhicule sombre aux courbes macabres se dresse devant vous comme un gros monstre endormi. Tu te secoues pour cacher ta peur à tes amis.

Avancez au chapitre 34.

89

Vous tombez tous les trois dans un étroit boyau gluant. Comme dans la plus effroyable attraction d'un parc, la peur prend le dessus sur toi, et tu contractes tous tes muscles…

Tu fermes les yeux en apercevant le bout de ce tunnel diabolique. L'impact promet d'être violent. Tu fermes les yeux…

BLOUB ! et non pas **BANG !**

Ce gros truc mou et collant sur lequel tu as atterri a stoppé ta chute d'une façon très douce. Autour de toi se dressent de grosses dents blanches. Tu te retrouves enfin dans cette fameuse bouche immense.

Malgré ton malheur, tu souris à la vue de Marjorie qui arrive tête première derrière toi. Son visage s'aplatit sur la grosse langue.

SPLOUCH !

Plus chanceux que sa sœur, Jean-Christophe arrive les pieds en premier…

Vous appuyez tous les trois vos mains sur le palais de la bouche et vous la forcez à s'ouvrir pour ainsi retourner…

… *au chapitre 4.*

90

Il ne s'agit ni de chiens ni de terrifiants loups-garous. C'est quelque chose d'autre. Ces bêtes endormies proviennent soit d'une autre planète, soit du fin fond de la Terre. Tu n'as jamais vu ce genre de créature. C'est un croisement entre un gorille et un poisson, très difficile à imaginer. Elle n'est répertoriée dans aucun livre ou encyclopédie de monstres. Malgré ta peur, leur présence ici ne fait qu'attiser ta curiosité. Que peut bien manigancer ce Johnny Catacombe ?

Vous marchez tous les trois entre les corps avec mille précautions. La bouche terrifiante de l'une des créatures est ouverte, et tu peux l'entendre ronfler. Ce bruit qui, d'habitude, te fatigue énormément te réconforte un peu, compte tenu de la situation. Pendant que tu jettes un coup d'œil à son visage, tu aperçois sa langue gluante qui lentement sort de sa bouche. Au bout de sa langue, il y a… UN ŒIL ! Tu te croises les doigts et tu avances vers une ouverture creusée à grands coups de griffes dans le mur… Est-ce que cette créature va vous apercevoir avant que vous quittiez la place ?

Pour le savoir… TOURNE LES PAGES DU DESTIN !

Si elle vous a vus, allez au chapitre 57.
Si la chance est avec vous et qu'elle ne vous a pas aperçus, rendez-vous au chapitre 99.

91

Le jet de petits virus projeté par ton blogueur arrive de plein fouet sur l'araignée, qui se tord immédiatement de douleur. Ses longs poils noirs volent dans toutes les directions, et les virus affamés consomment chaque parcelle du gros arachnide sans laisser une seule miette. Tu baisses ton arme, fier de posséder un engin si puissant et si destructeur. Tu glisses enfin la tête à l'intérieur du véhicule. Rien d'autre qu'un cercueil fermé, à l'arrière.

— Une autre surprise, tu crois ? te demande Marjorie. Il y a un autre cadavre caché là-dedans ?

Tu lèves les épaules en signe d'ignorance…

Tu contournes le corbillard et tu te rends devant la porte du coffre. Tu saisis la poignée et tu l'ouvres, déterminé à savoir. Tu braques ton blogueur vers le cercueil et tu fais signe à Jean-Christophe de l'ouvrir. Ton ami avance et ouvre le couvercle de la grande boîte morbide. Marjorie ferme les yeux… Tu pointes ton arme à l'intérieur. Aucun bruit ! Rien ! Tu étires le cou… Tu es tout étonné de constater qu'il y a un escalier caché à l'intérieur. Marjorie a toujours les yeux fermés. Tu t'approches lentement d'elle et tu colles, à seulement quelques centimètres de son nez… TON VISAGE TOUT GRIMAÇANT !

Allez au chapitre 31.

92

Les premières salles contiennent des centaines de vitrines, derrière lesquelles se trouvent des personnes avec des tas d'objets. En t'apercevant, elles se mettent toutes à crier et à frapper sur la vitre qui, malheureusement, est incassable.

Tu essaies de lire sur leurs lèvres :

— PARTEZ ! ALLEZ-VOUS-EN TOUT DE SUITE ! finis-tu par saisir…

Deux grandes portes s'ouvrent avec fracas et une troupe de gardiens vient vers toi. Tu voudrais les pulvériser avec ton blogueur, mais tu l'as oublié sur le comptoir de la billetterie.

De force, ils te traînent jusqu'à une vitrine qui porte ton nom. Ils t'obligent à pénétrer dans le petit espace et referment la porte derrière toi. Emprisonné comme les autres, tu n'as plus le choix… TU ENLÈVES LE CHAPEAU !

Rien ne se passe et tu restes toujours dans l'avenir. Johnny Catacombe s'amène devant ta vitrine. Il lève la tête et te sourit. Ses employés se regroupent autour de lui pour le féliciter d'avoir maintenant… LA COLLECTION COMPLÈTE DE SOMBREVILLE !

FIN

93

Dans l'entrée de la ruelle, trois chats perchés sur le toit d'un garage se lamentent. Tu les écoutes. Des frissons te parcourent l'échine, car leurs miaulements ressemblent à des plaintes de jeunes enfants. Il y a quelque chose de pas très naturel dans le secteur. Marjorie grimace elle aussi de frayeur.

Jean-Christophe, lui, joue les braves et avance sans se laisser intimider par l'ambiance. La lumière d'un lampadaire scintille et lance des éclairs réguliers, comme le stroboscope d'une discothèque. Tu voudrais déconner un peu et te mettre à danser pour détendre l'atmosphère, mais tu as trop peur.

D'une poubelle renversée sort un rat tout crotté. Tu prends une grande inspiration. Cette enquête vient à peine de débuter et tu sens déjà un grand climat d'horreur qui, lugubrement, s'installe autour de toi.

Vous comptez les bâtisses afin de vous retrouver directement derrière celle abritant la boutique. Tu découvres assez vite que c'est complètement inutile, car un décor des plus morbides vous accueille…

… au chapitre 19.

26

95

Devant le mausolée…

— Vous avez entendu ce qu'a dit la vieille ? vous rappelle Marjorie. Il y a un labyrinthe. Je crois que nous devrions l'explorer. Ces labyrinthes cachent toujours des indices importants, et vous le savez.

Tu réfléchis quelques instants…

— Nous pouvons y aller tout de suite, si tu le désires, réponds-tu à ton amie. Ou nous pouvons tenter de trouver le plan d'abord. Ce serait ensuite très simple de l'explorer, ce labyrinthe, avec ces indications.

— Peut-être, t'accorde Marjorie, mais ces plans ne sont jamais faciles à trouver. Rappelle-toi, c'est chaque fois très risqué et dangereux. Il se passe toujours quelque chose lorsque nous essayons de trouver un plan…

Si tu veux tenter de trouver le plan caché dans une urne, entre à l'intérieur du mausolée au chapitre 29.

Si tu crois posséder suffisamment de perspicacité pour t'attaquer sans plan au labyrinthe, rends-toi aux cercueils entassés au chapitre 27.

96

Devant vous, le corps du mort-vivant se met à vibrer. Tu fais un pas de recul, cherchant à comprendre ce qui se passe.

— Ce mort-vivant est en train de se transformer ! vous dit Jean-Christophe.

La curiosité te pousse à retenir ton index sur la gâchette. Sous tes yeux ébahis, le cadavre mue. Ses deux bras et sa tête tombent sur le sol. Marjorie, répugnée et terrorisée, se cache derrière toi. Jean-Christophe observe lui aussi, muet, la métamorphose du cadavre.

Huit longues pattes poilues et raides poussent comme des branches au tronc du cadavre. Des mandibules mortelles sortent du corps, et de longs poils poussent partout. L'araignée gigantesque se dresse sur ses pattes et s'élève au-dessus de vous. Ses intentions sont très claires pour toi : elle va passer à l'attaque…

Sans attendre, tu pointes ton arme et tu tires. Vas-tu réussir à l'atteindre avec ton blogueur ?

Pour le savoir… TOURNE LES PAGES DU DESTIN !

Si tu réussis à l'atteindre, rends-toi au chapitre 91.
Si par contre tu l'as ratée, va au chapitre 5.

97

Tu dégaines ton blogueur et tu te diriges vers la seule construction qui est en parfaite condition... UN LUXUEUX CHÂTEAU !

Tu traverses une série de jardins luxuriants pour te rendre à une magnifique porte dorée entourée de deux colonnes de marbre rose. Tu soulèves le heurtoir et tu t'annonces. Derrière la porte, tu entends marcher. Tu places ton arme devant toi...

— Peu importe de qui il s'agit, te dis-tu, le cœur battant d'excitation, je le pulvérise...

La porte s'ouvre, et un vieil homme tout de noir vêtu t'accueille. Il est sans doute le valet de cette magnifique demeure...

— Qui dois-je annoncer ? te demande-t-il d'un air plutôt hautain, en feignant de ne pas avoir remarqué ton arme.

— Annoncer à qui ? lui demandes-tu en cachant ton blogueur derrière ton dos. Qui habite ce château ?

Le valet retient un sourire...

— Le roi, bien entendu ! te répond-il, étonné. Le roi Johnny...

Tu te diriges vers le chapitre 84.

Vous reculez tous les trois jusqu'au chapitre 63.

99

Elle ne vous a pas aperçus ! Caché derrière un baril, tu observes la langue dégoûtante qui revient à l'intérieur de la bouche de la créature comme une bête dans sa tanière. Tu marches à reculons jusqu'à l'ouverture dans le mur. Tes amis t'imitent et parviennent eux aussi à s'éclipser discrètement. Tu pousses un long soupir de satisfaction... Vous parcourez une succession de longs et très bizarres corridors ronds et mous. Tu t'arrêtes pour les examiner.

— Dis-moi que je me trompe ! espère Marjorie tout près de toi. Est-ce que ces corridors sont malheureusement ce que je crois qu'ils sont ?

Tu fais oui de la tête...

— Ce sont les entrailles d'un monstre gigantesque, lui réponds-tu.

Tu aurais bien aimé lui dire qu'elle se trompait, mais hélas. Vous parvenez à atteindre une grosse porte molle pourvue d'un très curieux cadenas fait d'os et de cartilage. Tu te croises les doigts...

Est-elle verrouillée ?

Pour le savoir... TOURNE LES PAGES DU DESTIN !

Si cette porte étrange est déverrouillée, sortez de cet endroit par le chapitre 4.

Si par malheur elle est bien verrouillée, rendez-vous au chapitre 37.

100

Johnny Catacombe fulmine de s'être fait prendre bêtement de la sorte. Il saute vers Marjorie pour coller ses lèvres sur son front, afin de la transformer en statue pour l'éternité.

Vif comme l'éclair, tu appuies sur la gâchette du blogueur. Marjorie se laisse choir sur le sol. Une pluie de virus s'abat sur Johnny Catacombe et le consume. Ses hurlements alertent ses monstres, qui accourent. Tu tires dans toutes les directions. Des virus volent partout. Au centre de la salle, un amas infect d'ossements et de glu fume. Johnny Catacombe n'est plus qu'un tas dégoulinant. Vous courez vers le grand escalier qui conduit à la surface. Des dizaines de monstres vous poursuivent. Tu tires derrière toi jusqu'à ce que ton arme soit complètement vide de munitions. L'escalier se met à tanguer et s'écroule juste comme vous parvenez à la surface. Des mains fortes vous extirpent des profondeurs. De la fumée et de la poussière jaillissent en colonne du trou.

Des dizaines de personnes vous entourent. Tout le monde a été sauvé. Tous ceux qui avaient disparu s'en sont sortis indemnes. Essoufflé, tu leur souris.

FÉLICITATIONS !
Tu as réussi à terminer…
Johnny Catacombe.

L'auteur
RICHARD PETIT
t'ouvre son

COFFRE AUX TRÉSORS...

Qui ne possède pas d'objets rares et mystérieux ? Des choses que l'on chérit précieusement et que l'on cache dans de vieilles boîtes dissimulées au fond d'un placard ou sous une planche dans la remise de notre père.

Moi, j'ai décidé de t'ouvrir mon coffre aux trésors et de te montrer les photos qu'il contient. Je dois cependant te prévenir : certains de ces objets pourraient t'effrayer et t'empêcher de dormir pendant quelques nuits...

LE COFFRE

Il faut commencer par le début : le coffre lui-même. Bon ! peut-être que tu as déjà vu ce genre de coffre chez ta grand-mère ou chez un oncle collectionneur. Moi, je trouve qu'il est très vieux, mon coffre. Si tu veux un point de référence pour trouver ton coffre à toi, voilà un conseil : il faut que tu en trouves un qui est plus vieux que toi. En fait, ça s'applique à pas mal tout, c'est-à-dire au coffre ainsi qu'aux objets que tu vas mettre dedans…

Ce coffre servait autrefois à ranger les vêtements pour de longues périodes, des mois et souvent des années. À l'intérieur, tu peux encore y déceler une odeur de boule à mites, ces petites boules blanches qui servaient à protéger les vêtements des larves des mites (petits papillons), qui rongeaient les étoffes et les tissus.

Ce coffre est un vrai coffre aux trésors. Pourquoi ? Parce qu'il possède un double fond. C'est là qu'est caché mon trésor. Dans le coffre lui-même, tu ne retrouves que des vieux t-shirts de mes camps d'été, des vieux cahiers d'école et des bulletins dont je ne suis pas très fier, il faut dire…

LE CADENAS

Le cadenas est une vraie antiquité. Je crois qu'il a plus de cent ans, et il fonctionne encore très bien. Je l'ai acheté à Salem. Tu connais cette ville des États-Unis où, en 1692, il y eut une vraie chasse aux sorcières ? Enfin, plusieurs femmes ont été emprisonnées et pendues pour sorcellerie à cette époque.

Moi, j'ai visité cette ville, tu ne me croiras pas… LE JOUR DE L'HALLOWEEN ! Tu n'as jamais vraiment couru l'Halloween si tu n'es jamais allé à Salem un 31 octobre…

Même les maisons qui ne sont pas décorées avec des citrouilles ont un air lugubre. C'est tout un spectacle. Il y a même des acteurs qui sont engagés pour errer comme des zombies dans les vieux cimetières de la ville… Je te conseille de t'y rendre un de ces soirs, mais pas tout seul…

MON TRÉSOR

Un collier de momie

Ce collier en céramique peut sembler pour toi bien ordinaire, mais il est très spécial. Il a été porté par... UNE MOMIE ÉGYPTIENNE ! OUI ! vieille de 5 000 ans. Il a été retrouvé avec la momie dans son sarcophage. Il vaut une fortune...

UNE USHABTIS

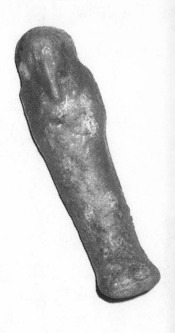

Cette petite statuette égyptienne est une Ushabtis. Elle représente un serviteur. Autrefois, les serviteurs des pharaons étaient emprisonnés avec le monarque afin de le servir dans l'au-delà. Cette tradition a été remplacée par une autre moins cruelle et moins barbare, qui consistait à placer dans la pyramide des statuettes représentant les différents serviteurs et femmes du pharaon. Cette petite statuette en céramique turquoise a plus de 3 000 ans…

ÉPINGLETTES PASSEPEUR

Pour les collectionneurs, ces deux épinglettes dorées sont les objets LES PLUS RARES de toute la série Passepeur. Elles valent chacune près de dix fois le prix d'un livre. Si tu désires connaître la valeur de tes livres ou de tout autre objet de la collection Passepeur, procure-toi le livre Passepeur n° 24, *Les cadeaux du père Cruel*. Tu y trouveras l'évaluation de tous les articles de ta collection préférée…

LES FABLES DE LA FONTAINE

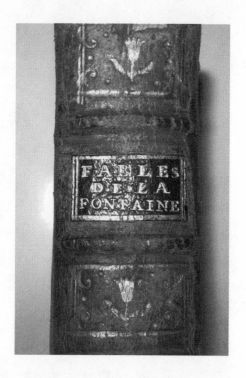

Qui ne connaît pas les fables de Jean de La Fontaine ? Lors de mon dernier voyage à Paris, j'ai trouvé chez un bouquiniste une très vieille édition qui date de 1787. À cette époque, Louis XVI est toujours roi de France. Le livre a été imprimé deux ans avant la prise de la Bastille et le début officiel de la Révolution française.

Il porte cette note au roi.

MONSEIGNEUR,

S'il y a quelque chose d'ingénieux dans la ré-
publique des lettres, on peut dire que c'est la ma-
niere dont Ésope a débité sa morale. Il seroit vé-
ritablement à souhaiter que d'autres mains que les

(1) Fils unique de Louis XIV.

A iij

T'arrive-t-il d'inscrire ton nom à l'intérieur de tes livres ? Celui-ci porte encore le texte d'un de ses très anciens propriétaires. Il est écrit à la plume :

Ce livre appartient à Gréguière… ? du collège de… ? demeurant dans la rue de la Barre à Lille, Flandre, 1791. Si tu connais bien l'histoire de la France, 1791 est la dernière année complète de règne du dernier roi…
WOW !

UN JEU VIDÉO SUPER RARE

Ce jeu vidéo, auquel tu as probablement joué toi aussi, se nomme Tetris. Il s'agit d'un jeu dans lequel des pièces de couleurs et de formes différentes descendent à l'écran. Tu dois insérer les formes et compléter des lignes. Le but du jeu est de former le plus de lignes possible. Les lignes incomplètes s'accumulent tandis que les lignes pleines disparaissent et te donnent des points.

Lorsque le jeu Tetris est sorti sur le marché pour la petite console Nintendo en 1988, il était fabriqué par la compagnie Tengen. Ce jeu était identique à celui que l'on retrouvait dans les arcades. Tengen cependant n'était pas autorisé par Nintendo à fabriquer des jeux pour sa console et, à la suite d'une bataille devant les tribunaux, Nintendo a réussi à s'approprier les droits exclusifs, et Tengen a dû retirer du marché son jeu Tetris.

Quelques mois plus tard est arrivée, sur les tablettes des magasins de jouets, la version Nintendo du jeu Tetris. Celle-ci était beaucoup moins belle et moins amusante. Les amateurs se sont mis à chercher et à payer très cher la version que Tengen avait fabriquée. Encore aujourd'hui, les collectionneurs la recherchent et l'achètent à prix fort. J'ai acheté cette version lorsqu'elle est sortie en 1987; tu n'étais peut-être même pas né…

UNE DRACHME D'ALEXANDRE LE GRAND

Lorsque j'étais très jeune, j'aimais m'amuser avec mes frères et mes amis dans une vieille demeure à demi brûlée et abandonnée depuis des années. Un jour, mon frère Gilles trouva, sous une épaisse couche de débris de toutes sortes, une vieille pièce de dix cents de l'année 1936. Cette trouvaille inattendue lança le début d'une grande chasse aux trésors.

En quelques heures, nous avions trouvé des centaines

de pièces, dont beaucoup provenaient de plusieurs pays. Cependant, la plupart d'entre elles ne valaient presque rien, je le savais bien. La perspective d'amasser un trésor s'amenuisait avec les pièces sans valeur qui s'accumulaient dans notre boîte en bois, jusqu'à ce que je fasse une très grande trouvaille : une pièce en argent frappée à la main. J'étais fou d'histoire et je savais que ma pièce était très vieille, car il y avait plus de mille ans que la monnaie était fabriquée mécaniquement, et ce, dans tous les pays...

À la bibliothèque du village, nous nous sommes mis à fouiller les livres d'histoire. Nous avons finalement découvert que ma pièce était en fait une drachme d'argent de la période d'Alexandre le Grand qui datait de plus de deux mille ans. Aujourd'hui, sur le site Internet d'encan eBay, ces pièces se détaillent autour de 500 euros (645 dollars américains). Un vrai trésor, quoi...

1978

Cette année-là, j'achète ma première voiture, une Ford Thunderbird toute neuve. J'ai toutes les options, même un lecteur de cassettes huit pistes. Ce format de cassettes de musique n'existe plus. Je suis pas mal certain que tu n'as pas connu ça. Parles-en à tes parents ou à tes grands-parents…

J'achète la première cassette huit pistes de mon groupe de musiciens préféré : *Help* (Au secours) des Beatles… Elle a autour de trente ans, si tu fais le calcul. Une autre chose qui est plus vieille que toi… Je ne donnerais jamais cet objet à personne…

VRAI OU FAUX ?

Est-ce que quelqu'un t'a déjà insulté en te traitant de *petite tête* ? Parce que ce n'est pas très, très poli… La mienne, pas celle que j'ai sur mes épaules mais l'autre, est aussi appelée *tsantzas*. C'est un objet rituel jadis fabriqué à partir de vraies têtes humaines par des tribus d'Amérique du Sud telles que les Shuars.

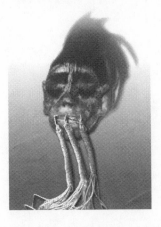

Est-ce que tu crois que ma tête réduite est une vraie ? Je vais te laisser dormir là-dessus…

HA ! HA ! HA !

RICHARD

GODZILLA

Moi, j'ai toujours aimé les modèles réduits à coller. J'en ai construit des centaines. Je n'ai malheureusement plus aucun de ces jouets qui hantaient ma chambre lorsque je demeurais chez mes parents. Il n'y a pas si longtemps, je suis tombé sur une boîte scellée contenant toutes les pièces de Godzilla, le monstre géant japonais un peu ridicule qui fait plus rire qu'effrayer. Je l'ai achetée, question de me rappeler de bons souvenirs…

Nº 26 JOHNNY CATACOMBE

Une toute nouvelle boutique de vêtements appelée Johnny Catacombe vient d'ouvrir ses portes à Sombreville. *Réservé aux jeunes seulement*, dit le grand panneau au néon lumineux. Cependant, il n'y a pas que les vêtements qui disparaissent dans cette boutique. NON ! LES CLIENTS AUSSI !

UN LIVRE PALPITANT QUI SE JOUE À LA FAÇON D'UN JEU VIDÉO...

Oui, ce livre n'est pas qu'un simple livre... C'EST TON AVENTURE ! Et dans ton aventure, c'est toi qui décides du déroulement de l'histoire. ATTENTION ! Ce livre contient aussi un jeu original qui pourrait transformer ton histoire en vrai cauchemar... LE JEU DES PAGES DU DESTIN !

Il y a seize façons de finir cette aventure, mais seulement une fin te permet de vraiment terminer... *Johnny Catacombe*.

LIRA BIEN QUI LIRA LE DERNIER...

www.boomerangjeunesse.com
info@boomerangjeunesse.com

TU N'EN AS PAS EU
ASSEZ ?
TOURNE
CETTE
PAGE...